御神乐学园组曲

无气力大战

2

〔日〕Last Note. /著
〔日〕明菜/绘　tomo/译

云南出版集团
云南美术出版社

兔丸
熊野同学
戏剧部 部员

赤间游兔
豚困
喵美琳

九头龙京摩
Kyoma Kuzuryu
二宫时雨
Sigure Ninomiya

赤间游兔
Yuto Akama
一宫绘留奈
Eruna Ichinomiya

凑川贞松
Sadamatsu Minatogawa
御神乐星锁
Seisa Mikagura

射水明日
Asuhi Imizu
八坂冰见
Himi Yasaka

花袋明香
Meika Katai
离宫璐美奈
Rumina Rikyu
鸣海胡桃
Kurumi Narumi

御神乐学园组曲 2

无气力大战

〔日〕Last Note. / 著
〔日〕明菜 / 绘　tomo / 译

云南出版集团
云南美术出版社

目录
CONTENTS

御神乐学园组曲② 无气力大战

序章 Prologue

“这个姿势怎么样？还是说角度再变化一点比较好？我现在是不是闪闪发光呢？”

我对着来采访的新闻部成员——离宫璐美奈，不断地展示着自己。

再怎么说，这种机会也算得上是难得一遇嘛！

不过也确实，每次看电视和杂志的时候，我都会想象如果被采访的是我，我就要怎么怎么样……总觉得有些让人尴尬。

虽然知道并没有人想要，但我已经设计好了自己的签名，而且还分了两个版本。一个是在紧急关头可以很快写好的精简版，一个是附带简笔画的完全版。

“小绘，这是什么……”妈妈在垃圾桶里发现我扔掉的写满签名的纸，一边用一种怜悯的目光看着自己有病的女儿，一边质问我那时候，就算是我，也稍微觉得有些受伤。

可是……可是啊！

“啊，不然我给你签名作为送给读者的礼物吧！要签多少都可以啊！”

就结果来说，我的辛苦总算没有白费。那些让人尴尬的签名练习，都是为了现在这一刻！

我取出签名笔，唰唰唰地挥舞了几下！好像在空中写出了自己的签名一样。

嗯，还没忘记要怎么签！看来我的身体很好地记住了这个动作呢！

“那，那个……一宫同学？”

新闻部的璐美奈同学一副大惊小怪的样子……虽然如此，她手上却还是毫不停顿地继续按着快门。

顺便一提，这其实已经是在几经周折换好服装也换过拍摄地点之后的事情了。但是她却完全没有一句怨言，还在继续给我拍着照，拍出来的照片估计都能出一本写真集了。

“难道说你们没有准备签名板吗？没关系没关系，不要放在心上！大家都是凡人，谁都会犯错误的嘛。别在意别在意！”

我脸上做出自以为帅气的表情，摆着一个已经看不出来到底是什么姿势的独创造型，还用眼神催促着她快点继续拍照片。

“不，不是的！还是请你快点让我开始最重要的采访部分吧！老实说照片根本一张都不用拍……我们是准备直接使用昨天对抗战时的画面的。”

她很不好意思地说出了事实真相，我保持着独创造型僵立在当场。

“咦？那刚才我还换上泳装拍照什么的……”

“完全是浪费时间。”

“在朝阳照耀下斑驳的树影间翩翩起舞着拍照什么的……”

“啊，那时候其实已经没在拍了，老实说我们也在想能不能快点结束。顺带一提，我还稍微打了一会儿瞌睡。”

璐美奈长着一张看起来好像很老实的面孔，嘴巴竟然还挺毒……不对，应该说过于辛辣了。而且这些话还是用那种好像真的很抱歉的态度说出来的，破坏力反而更高了。在这种情况下，如果我是一个心灵敏感纤细的人，估计早就哭出来了吧？

虽然我已经认识到，这所学校里所有的活动部门的代表，多多少少会有一两种怪癖，而且还都是无法用平常的方式去应对的个性人物，但是没想到连新闻部也是这样。

不管从哪里看，璐美奈都应该是一个老实又柔弱的眼镜妹才对啊！

“这里是御神乐学园，那就没办法了嘛……”

——对于这样想着然后平静地接受了这一切的我自己，我也一样觉得有点害怕。

*

“绘留奈同学！请你快起床！经过昨天的对抗战，你现在已经是名人了！我是御神乐学园新闻部的代表离宫璐美奈，能不能让我采访你一下呢？”

——这件事情，就是以她摇晃睡袋把我叫醒为开端的。

不知道是不是因为我一直都没醒，总觉得她好像还笑着踢了睡袋儿脚的样子。

这不可能，一定是我哪里搞错了。我说服自己不再想这个问题，但是看了这个孩子的言行举止，又觉得那可能并不是梦，而是真实发生了的场景。

等到我的意识清醒过来——采访！Interview！我的热情一下子就高涨到极点，以平常绝对达不到的气势，一下子爬了起来。但结果是，我的这些努力似乎已经被全部否定了……

如果我这么直接问她，多半就会得到评价说这确实是毫无意义的努力，所以一想到这个我就什么都没有问。

她疑惑地看着突然消沉下来的我：

“那我们现在就进入正题吧。昨天的对抗战，真是一场又华丽又生动的出道战呢！一宫同学现在已经是最有话题的人物了，在学校里简直都算得上是Hero呢！”

璐美奈选了一个相当不错的切入点。

“H，Hero！如果写成汉字就是英雄！多么好听的一个词……多说几遍！啊，对了，还是应该再拍点照片吧？”

“那个真的不用了。”

看我如此轻易又恢复精神开始闹腾，璐美奈马上就冷淡地拒绝了。这次连客套的笑容都没有了，只有一脸的认真。

“好的……也是呢……”

一会儿攀上云端一会儿掉落凡尘，我完全被对方玩弄在股掌之间了。啊……可是这么一想，倒也并不觉得有什么不好。

我一边积极向上地思考着，一边为了校报的报道，开始回答璐美奈同学的问题了。

然而，这只是一场平平淡淡的采访，从头到尾都沉浸在一种被勒令不要捣乱的气氛中。

不应该是这样吧？这场采访的对象，难道不是昨天的Hero吗？为什么会像现在这样变成像是某个犯了什么大错的人的谢罪记者会一样……

尽管我心里这么想，但受到气氛的影响，连说话的语气都越来越恭敬。

好好干，要好好的。

“——你完成了击败书道部代表的壮举，觉得自己获胜的关键是什么呢？”

“获胜的关键啊。嗯，嗯……”

事实上最大的问题在于，连我自己都不明白，为什么昨天我会赢。

只是，无意识的。在那个瞬间，有一种我已经不是我自己的感觉。

发动了被某种东西唤醒的能力，不知道怎么就赢了……这就是真实发生的事情。

可是这种内容写成报道也很无趣吧？总之，我希望自己能被描述得帅气一些，然后就能得到可爱孩子们的追捧。另一方面，我也希望能够得到远高于我本人实际水平的，甚至说是言过其实的夸奖。

这些真心话在我脑子里不停地回荡着，我以自认为理想化的语言回答着对方的问题。

“这个嘛……就是赢在了情理之中的感觉吧？或者说是万全准备的胜利吧？觉醒？大概是类似这样的感觉。嗯，没错，就是这样！”

我有意在话语间混杂了一些出名艺人和运动员的风格。哼哼，感觉不错吧。

“说得也是呢。”

她刚才是不是像听到了很荒谬的话一样用很冷淡的眼神看我？这算什么意思嘛！完全不打算接着我的话头继续啊？就连吐槽都没有一句啊！

“你觉得你这样也能成为一名合格的记者吗？你应该让我更加、更加心情愉悦地开口说话啊！”

虽然我表现出了不满的情绪，璐美奈却不知道在想着什么，手上还不停记着笔记，完全没给我任何反应。给我等一下，我刚才真的差点哭出来啊。

“——就像八坂冰见需要使用那支大笔一样，能力需要以某种道具作为媒介才能发动，这在这所学校里可以说是常识。”

“啊？”

璐美奈突然向上推了推眼镜调整好位置，压低声音，像在做出某种推测一样对我提出了下面的问题：

“你知道吗？目前为止，在这所御神乐学园里，不使用任何道具就发动能力的情况，可以说是让人意想不到，至今为止都是绝无仅有的。除了一个人……根本没有过其他先例哦！”

那之后，采访顺利地进行，璐美奈告诉我她马上就去写报道，然后就飞快地离开了。

“真的不用再拍点照片了吗？我已经做好心理准备可以拍一些服务读者的照片了呢！要不要啊！”

——即使我最后还是死缠烂打地又说了一次，但璐美奈同学完全都没搭理我。

“呵呵呵……这无视别人的能力可真强啊。又有厉害的对手登场了呢……”

已经与对抗战是怎样完全无关了，对我来说，这个女生目前的情况非常不对盘，简直就等于是正中我弱点的人了。

正在我陷入沉思的时候——

“绘留奈，早上好啊溜咿。真少见，今天竟然起得这么早溜咿？”

毕咪飘飘悠悠地出现了。

每天早上都用尽各种各样的手段把不想起床的我从睡袋里挖出来，这已经在不知不觉间变成了毕咪的工作了。

“早上好，毕咪。话说，你手上拿着那个大折扇是想要干什么？”

毕咪在发现我好像已经醒过来的时候，就准备把那东西藏起来了，可惜以它那小动物的身材根本挡不住那么大的折扇，全被我看到了。

“这，这不是你想的那样溜咿！在下带着这个并不是想用它来叫绘留奈起床的溜咿！”

“说得也是呢！大折扇根本就不应该作为闹钟的代替品用来叫人起床呢！因为那是专门为吐槽的人设计，用来打装傻的人的极佳道具呢！”**（注：吐槽和装傻，日本搞笑术语，用于搞笑搭档互相配合引发笑料，相当于捧哏和逗哏。）**

虽然嘴上一直在否认，可是毕咪那过于典型的情绪表现已经说明了事情的真相。

“对，对了！这是为了庆祝绘留奈的胜利，才特意准备的礼物溜咿！”

这怎么看都是刚刚才想到的理由吧？

礼物是大折扇——这硬是要拗到一起去的违和感还真不是一般的严重。

可是毕咪却马上就做出一副松了一口气的表情，像是在说：“一瞬间就能想到这种理由在下的随机应变真是厉害溜咿！”

这种态度真是让人生气。

莫非，它觉得我是个笨蛋吗？虽然我也不觉得自己是头脑很好的那种人，但是在毕咪的认识里，恐怕觉得我根本就是一个无可救药的笨蛋了吧？

即使它长成这副德行，但说到底也还是一个讲师，会如此对待自己可爱的学生，真是过分。

不过如果我这么说出来的话，大概会受到质疑说“可爱的学生指的是谁”，而且我也充满了应该没有任何人会认同的预感。这么一想，连我自己也感觉受到了打击，但是现在要说的并不是这个问题。

“这样啊，谢谢你毕咪！那么，难得收到了这个礼物，就应该把它有效利用起来对吧？”

我一边说一边用尽全力挥舞大折扇。呼！呼！空气流动的闷响在走廊里回荡。这把折扇比平常尺寸的还要大，扇出来的风也是超乎想象的强烈。

“咦，咦啊……溜咿。”

作为贺礼送上一把大折扇，这一定是毕咪在刻意装傻吧，肯定的。所以我也要负起责任，好好吐槽回去才对！

不知道毕咪是不是做好了觉悟，竟然把屁股转过来朝向了步步紧逼过来的我。不不不，就算你摆出一副“差不多就到这里了”的表情，我也很难就此收手啊……结果反倒像是我成了坏人一样，这种局面让人多么的心痛……好像也并没有多痛。

大折扇撕裂般的挥动声，配合着“溜咿”的悲鸣声，在清晨的宿舍楼内回响，昭示着清爽的一天又要开始了。

……会清爽吗？

第一乐章 女主角未达标

“啦，啦啦，啦♪”

哼着歌昂首阔步走在走廊上。就连平时懒懒散散的走路姿态好像也变成了挺胸抬头的样子。

“看起来你好像很高兴溜咿？”

毕咪揉着被我打红了的屁股，可能是担心我还会再打它吧，跟我说话的时候也一副战战兢兢的样子。

“那是当然的了！毕竟我都开始哼歌了嘛！因为，因为啊！从今天开始我的生活将会大不一样了啊！”

没错，因为昨天的对抗战打了一个大胜仗，所以我暂时加入了看起来相当强大（？）的回家部。按照我对这个方程式进行推导计算得出的结论，今天终端上能收到的绩点数肯定和以前不是一个级别的。

也就是说，我可以告别一天也许只能吃一顿，还需要拼命抑制食欲的生活了。现在的条件，哪怕早上就开始吃烤肉也没问题吧！

所以我的心情才这么好啊。

听完我的说明之后——

“会不会这么简单呢溜咿？”

毕咪话里有话地嘟哝着。可是正在兴高采烈继续五音不全地哼着歌的我，并没有仔细考虑这句话里面包含的意思。

基于以上理由，现在我正要去的，是学校里相对来说价格设定比较高的餐厅。

当然了，我至今为止还从未踏足过这里，除了看着展示在外面的菜单流口水之外什么也做不到，是原先的我所无法企及的地方。

但是如今的我，想要进入这家饭店用餐也应该是完全没问题的！

我不自觉地咽下一口口水。

如果按照我以前的伙食标准，这里一个早餐套餐的价格恐怕已经可以用掉我一周的伙食费，想想就让我不禁做了一个深呼吸。

“没问题的！那些伪装成素食主义者、每餐只能吃蔬菜沙拉的日子，再也不会回来了！用免费的沙拉酱堆满餐盘……甚至可以说基本上是喝沙拉酱喝到饱的悲剧，也不会再次发生了！我一定没问题的！”

“这串独白也太过悲惨了溜咿……”

对于我来说，进入这家饭店的难度等同于要进入只接待贵族的高档饭店，在我的设想里甚至还有这样的场景——因为没有穿着正式服装，被留着精致小胡子的管家以着装不够上档次为由拦在门口。当然，现实中并没有发生这种情况。

不过，单单只是进入这家饭店，终端上就会扣除一项名为餐位费的款项……这种消费绩点的方式，倒是让我受到了很大的冲击。

“那个，只是坐到座位上就已经扣掉了相当于我以前一顿饭的绩点呢……这，这是宰客？”

“不要说这种难听的话溜咿！这只是证明了这家餐厅的环境就是舒适到了这种程度而已溜咿。”

是不是这样呢？虽然我现在还不能认同它的说法，不过我还是希望自己可以不要继续在意那些细枝末节了。再怎么说，我可是回家部（暂时入部）倍受期待的新星啊！

哼！为了不被高级饭店的气氛压倒，我振奋精神向自己的座位走去，结果才走到一半，店里竟然渐渐热闹起来。这么看来，我从刚才开始就觉得好像有好多人在盯着我，也并不是自我意识过剩的错觉呢。

我开始仔细倾听传入耳中的对话。

“她是‘那个’吧？昨天对抗战上打败了冰见前辈的……”

“啊，我看了视频！很厉害啊！”

“回家部是特例吧？我还以为除了御神乐同学没有人能加入呢。不过回家部平时都在做什么啊？”

结果听到的都是一些关于我的谣言。希望大家能原谅我这个时候忍不住笑了出来。本来就是嘛！我想要的就是这种结果啊，就是这种的！坐到自己的位子上，都忍不住想伸手拍打面前的桌子了呢。

不过，我还是拼命地控制住了自己。不可以这样。我的计划是表现出高冷的一面然后被女生们憧憬的眼神包围。现在还不到时候，必须要忍耐。

我一边放任这种不像话的想象不断在脑海内膨胀，一边看起了菜单，就在这个时候——

“一宫同学早上好！好厉害啊好厉害啊！我真是感动得不得了！”

一副相当兴奋的样子跑过来的，是小花袋。她涨红着脸用力握住了我的双手，不停上下晃动着。

咦，小花袋是这样的性格吗？这看起来应该是为我感到相当高兴吧。

她也没等我回话，继续道：

“虽然作为书道社代表的冰见前辈输了，我感到很震惊，可是同班同学竟然能如此活跃，这更让我感到高兴呢！当然，在冰见前辈面前我就不能表现得这么开心了。”

她好像怎么说也说不够的样子，一直不停地在夸奖我。

咦？这孩子是不是可爱得有点过头了啊？让我都想把她加入到我的新娘候选人名单里面了。

我再一次感觉到，到这里来上学真是来对了！

虽然也曾经一个人在睡袋里度过泪湿枕头的夜晚……不不不，因为根本就没有枕头，所以湿的也就是睡袋而已。我还记得因为睡袋的材料不太吸水，所以有了自己正睡在一个小水洼中的错觉。

还有些日子，自己只能摆出一副正在减肥的姿态，斜眼看着在旁边津津有味地吃着午饭的同学。同时，为了混淆视听，还不得不开始跳起莫名其妙的舞蹈。

“绘留奈同学明明一点也不胖啊，真有毅力。(大嚼特嚼。)”

“真的真的，我们也应该跟她多学学才能瘦下去呢。(狼吞虎咽。)”

我一边咬牙切齿地听着他们不知道有多少真心的对话，一边集中精力挥洒着汗水。

我发誓，总有一天要在午饭时间，吃上一顿分量十足、热量满点的最强料理!

“——这个愿望！今天！就要实现了！”

我一边喊出这句应该配上特效音的台词，一边笑着看向小花袋。

“唔，嗯？恭喜你？”

虽然小花袋理所当然地露出茫然的表情，不过她的教养真是相当好，终归还是给了我一个祝福。

话说回来，小花袋也是在这家店吃早饭的啊……

那时顺利加入了书道部的小花袋，和惨遭拒绝，没有能够成功加入的我——

只是这点区别，只是这一点区别……生活水平竟然就变得天差地别。就因为我写的字！过于前卫以至于连小冰见都无法欣赏！

都是因为我超前的观念，把当今时代甩得太远了……

“不管再过几千年，能认可绘留奈写的字的时代大概也不会到来的溜咿……”

“那边那个，你很烦啊！”

我大声地吼了嘀嘀咕咕的毕咪一句。

啊，不行，这样不行。难得现在得到了这么多的关注，我必须要有意识地提升大家的好感度才行！这可是关系到将来校园生活的重要转折点啊！

我晃着脑袋，像要否定自己之前愚蠢的行为一样，又重新开口说道：

“那，那边那位看起来很微妙的怪兽先生？要知道，祸从口出哦？”

“你这不是更过分了吗溜咿？特意重新说一次的意义在哪里啊溜咿？虽然语气很有礼貌却让人更受伤啊溜咿！”

嗯，这方面我是完全没有天分的。实在是过于强求了。

在我们唇枪舌剑的过程中，小花袋好像意识到我对她的误解，挥着两只手拼命地解释道：

“我不是每天都在这里吃早餐的！是因为看到一宫同学进来了，想要早点告诉你我的感动，所以才会跟进来的！我只是等不及在教室里见面再说……”

她很害羞地笑了，看起来在绩点上也并不是那么宽裕呢。

因为不再是住在睡袋里的伙伴，就此感觉我们之间产生了距离——这样的我，要深深地、深深地反省！然后为此忏悔！

而且“住在睡袋里的伙伴”，这个说法本身就很奇怪了！

记得之前的某一天，放学后偶然遇到了小花袋，我们就一起去拍了大头贴。

我还记得自己在上面写了谜一般的感言——“原本是睡袋伙伴！两个人的关系现在还是像睡袋一样火热哦！”

当时小花袋那个复杂的表情，我至今记忆犹新，真希望可以让这件事变成没有发生过啊。

“小花袋能这么想，我很高兴啊。不管是什么时候，都很欢迎你再回到睡袋里来呢！”

“那，那个……我还是算了吧。”

“真是的，又害羞了！真是可爱的家伙！”

我咕噜咕噜地不停转着手指戳小花袋头上的发旋。

“在下觉得她并不是在害羞溜咿……”

我现在心情相当好，对毕咪说的话充耳不闻。

只不过，在我的内心深处还有另一个自己，正在冷静地观察着这个得意忘形的自己。

小花袋推荐的早餐特别套餐已经送了上来。我一边品尝着，一边一脸纠结地陷入了沉思。

不能沉浸在昨天的胜利当中，这一点我也很清楚。

那基本上可以说是外行人靠运气赢得的比赛。而且现在这场对抗战已经在学校内成为了话题，相当多的学生都看过了那个视频，所以不可能会有故技重施的机会。

虽然我多少还是有些自信的，可是下次如果还这么打，那是绝对行不通的……这一点我有预感。

我记得之前毕咪好像跟我说过，之所以会把对抗战的情况转播给全体学生看，一方面也是为了让大家能够不懈地努力，这倒确实没错。自己的能力被对方知道，和没有被对方知道，情况是完全不同的吧……

小花袋大概是想象不到我竟然在思考如此严肃的问题，嘴里说着“我是很怕烫的猫舌呢”,但还是一边拼命地呼呼吹着汤，一边喝。

不行，我真想就这么抱紧她啊！不容分说就想敞开怀抱一把就把小花袋抱在胸前啊！

这算不算是犯罪啊？做一次就会被逮捕吗？不，这绝对不是犯罪！这是正当防卫才对！虽然我也并不是完全不觉得正当防卫这个词用在这里好像有点不对，不过一定没问题的。

陷入认真思考的状态之后，我一边心里小鹿乱撞，一边还得对过于豪华的早餐做出点评，一番忙乱之后，才发现自己身边的吵杂程度竟然已经更胜刚才。

躁动源头，是以赤间同学为首的戏剧部成员们。

“哇，戏剧部的主要成员是不是都来了？不但有身为代表的赤间游兔同学，连喵美琳前辈也来了！”

“他们果然气质上是不一样的呢。都让人看得入迷了。”

虽然在入部体验的时候已经稍微碰过一次面，还是没想到这几个人竟然这么有人气啊……

不光是戏剧部的男性成员被女生们激动的尖叫声淹没，女性成员们也一样吸引着男生们热情的目光。

——特别是看向喵美琳前辈胸部的目光！

我也明白为什么大家的目光就是会不自觉地看过去，就连身为女生的我，也控制不了自己的双眼。

而在我身边的小花袋，则是先看看人家，再低头看看自己的胸部，然后长叹了一口气。

不是的！不是的，小花袋！小花袋只要这个罩杯就可以了！你只要做好你自己就可以了！

女孩子还是百花争艳才是最好的。我爱的是你们所有人！

“哟，小一宫。”

当我还沉浸在内心世界中的时候，第一个发现我，还轻快地打着招呼的，正是戏剧部的代表赤间同学。

跟在他身后的那些戏剧部成员，也纷纷对着我挥手点头，打起了招呼。

“大家好大家好！上次真是给大家添麻烦了！”

“真的呢。感觉就像是台风过境一样，大闹一场然后就跑掉了。”

“不不不，哪里哪里……”

“不不不，我完全没有夸你哦！你在扭捏个什么劲儿？”

我扭来扭去地做出一副害羞的样子，而赤间同学也不出我所料地给出了很夸张的反应。其他成员看他那副表情，也都露出了笑容。

这个部的气氛还真是好啊！我一直都有这样的印象。不知道回家部会不会有一天也能变成他们这样呢？和女神卿卿我我！对吧？

唔呵呵呵。

正在我胡思乱想的时候——

“我已经在新闻部的号外上看到了。喏。”

赤间同学一个示意，喵美琳前辈就一副很开心的样子，拿出了一份大概就是他刚才所说的东西。

我刚刚才接受了采访，这么快就已经变成一篇报道刊发了吗？到底是怎么回事啊，这个速度可不是一般的快啊！

小花袋也从其他戏剧部的成员手中拿到了号外，一边接到手里，一边诚惶诚恐地点头致谢。

“御神乐学园的新闻部是相当优秀的溜咿！不但有终端适配的新闻报道，每次有突发报道时候，还会以这样的形式发行免费的纸面号外溜咿。”

“哦，也就是说平时的校报新闻，需要支付绩点才能看到的喽？”

我至今为止都只能获得勉强满足最低生活标准的绩点，所以根本就不知道还有这样的体系……不过，就算我知道也不会去看的吧？因为新闻消息是不能吃的啊！没法提供饱腹感啊！再怎么说我也还处在成长发育的阶段，求知欲肯定是无法战胜食欲的嘛！

只不过，就像我刚才也想过，与自己有关的情报被对战对手掌握与否，对战斗的影响是相当大的。从这个角度上来说，在御神乐学园里，新闻部的存在意义可能确实特别大。

不知道那个新闻部的璐美奈同学会把我写成什么样子呢，我紧张地看起了号外。

唰啦！首先映入我眼帘的，是一大排字体相当巨大的气派标题。

“话题中心的新生 一宫绘留奈同学 一大早就得意忘形挥霍冶游！”

“这，这什么啊——！”

在标题的旁边还配了一张相当大的照片。那照片非但不是昨天对抗战的场面，甚至也不是今天早上拍的那些摆出各种姿势的照片。

就是刚才……准确地说，照片里呈现的是我在早餐时，张大嘴啃着特别套餐里的薄饼的样子。

“怎么样，这下你明白了吧？我们就是看了新闻才知道你在这间餐厅，所以才过来跟你打个招呼的。”

赤间同学一边解释一边恶作剧般地挤了挤眼睛。

不对啊不对啊！这个与其说是新闻，还更像是那种附照片的八卦周刊呢！我本来还以为会是那种“超级活跃美少女HERO的采访”的报道啊！而且这照片是什么时候拍的啊！

“新闻部的代表离宫同学，偶尔会头脑发昏特别想写这种报道，这一点在学校里是很有名的溜咿。”

也就是说，我正好撞到这个冲动的枪口上了吗！竟然被正面击中了，这世界上还有这么悲剧的事情吗？不过正因为有这种悲剧，所以才会有这张号外的发行吧。

虽然毕咪也跟我解释说，她平时都是会写相当正统的新闻稿件……那为什么这次就会变成这种天马行空的模式呢?!

让我回忆一下今天早上的情况——

首先，是完全没关注璐美奈同学的反应，自顾自一身接一身换衣服摆姿势的我。

然后，是直言不讳地要求后期修片的我，说：“照片要帮我稍微修那么一点点哦！把眼睛修成两倍大的风格就可以了！”

以及，想着唱点歌会不会比较好，已经完全迷失了方向开始暴走的我。（而且最后完完整整地唱了三首歌。）

哎哟……真是越回想就越觉得自己是自作自受啊……

看我一脸绝望的样子，赤间同学却摆出了一副不虚此行的愉悦笑容：

“这篇报道反映了一个毫不修饰的、真实的小一宫，我觉得写得很好啊，嗯。”

不光是他，包括戏剧部的这些人在内，大家好像也都是这么认为的，而且我也知道他们并没有什么恶意。

嗯，这就是原本的一宫绘留奈，吗……

被他这么一说，我才发现可能真的是这样。就连那张我双眼闪光嘴里塞满薄饼的照片，重新再看一看，也能看得出并不是那种包含了恶意的过分的照片。

“没错。我觉得这是一篇传达了一宫同学开朗性格和闪耀特质的新闻报道。”

听赤间同学那么说，小花袋也抱着手中的号外附和着——她好像已经把整篇报道完整地看了一遍。

“唔嗯，这就是新闻部啊……”

我也稍微有些佩服了。虽然这与我自己想要塑造的形象相差极远，也没把我写成我希望的那个样子。不过，这对于那些通过对抗战认识我的人来说，肯定也是一个快速了解我本质的途径吧。

“倒不如说，这件事是否有特意发行号外的价值，才是最值得怀疑的溜咿。”

“对吧？毕咪在这微妙的一生里还是第一次说出这么有道理的话呢！”

“你也说得太过分了吧溜咿！”

在这一片和谐的氛围中，戏剧部的成员们也在同一张桌子上吃了早饭。

这种意料之外的发展让小花袋有点紧张，我一边摸着她的头安抚她，一边看着亲亲热热的戏剧部成员们。其中最引人注目的，自然是那位完全不把代表的头衔当回事，被大家喜欢着被大家欺负着的赤间同学。

不知道是不是发现我一直在盯着他看，赤间同学打着手势问我“怎么了”，然后他半开玩笑地对我做出了这样的评价：

“话说回来，昨天那场对抗战，我也看得很开心呢。小一宫战斗中的那种突然逆转真是吓了我一跳！你平常的样子都是故意演出来的吗？那可真是了不得的才能啊。”

我，我有那么突然的逆转吗？

从小时候开始，就经常有人对我说，每当遇到关键时刻，我就会表现出不一样的态度。不知道这次是不是也是这种情况呢？当然，我自己是完全没这么觉得……

一旦沉迷于某件事情，就会一往无前，这好像是我妈对我这个女儿的评价。因为是一直关注着我的人所下的评语，所以我应该确实是这样吧。不过如果让我自己来说的话，还是有点不太一样的。

即使没有沉迷于某件事情，我也经常能够一往无前的。

“倒是没有故意演什么啦，我根本不是那么厉害的人啊！”

“嗯，我知道。”

赤间同学吐出一小截舌头，嘿嘿地笑了起来。

很明显，我被他捉弄了。然而不可思议的是，我却完全不生气。可能正是因为有这个人担任代表，戏剧部才能成为在整个御神乐学园里也数得上的大部门吧？

只不过，他那副不停变换着各种表情的样子，又让我觉得有哪里不对。

他的人确实是在这里，心却好像被放到了未知的地方，偶尔还露出一副看起来很寂寞的样子。

是我的错觉吗？

“这个你不吃吗？那我吃掉啦。”

“啊，不是的！那是我最喜欢的所以才准备一直留到最后才吃的啊！喵美琳还给我！”

“咦？可是我已经咬了啊。唔，还给你吧？”

“你，你都咬过了就算了！不要了你脸别靠过来！干什么做出一副要用嘴喂给我的样子啊！”

喵美琳前辈正在和赤间同学进行着特别和谐的互动。可是，即使在这个过程中也还是能看到他露出那种黯然的眼神，让我无法不在意。

可是，除了我之外，好像没有人发现这一点。

“唔……”

“嗯唔嗯唔……绘留奈，你怎么了溜咿？”

我抬手抽了一下未经允许就对我的薄饼出手的毕咪，然后对它摇摇头，表示自己没什么。

越是继续观察赤间同学，就越觉得，他连脸上的笑容都是装出来的。以至于我都开始担心，他是不是身体不太舒服。

这样啊，可能是不想让部员们担心，所以才拼命忍耐吧？

我身体不舒服的时候，因为大家越关心我就会越开心，所以还会特意把自己不舒服的程度夸大一倍地表现出来呢！

说得更具体一点，我是那种会明确指定大家应该带些什么点心和水果来探望我的类型！如果有人带着我不喜欢的东西来看我的话——

“唔，我觉得靠这个是无法让我的体温降下来的……”

我就会像这样明确表现出希望对方再拿点别的东西的意愿！我和赤间同学之间这巨大的差距是怎么回事啊？

不过我这么做了之后，来探望我的朋友也越来越少，就算我念叨着说自己好像感冒了，朋友们也只会斜着眼睛轻蔑地问我是不是肚子又饿了……

不对！这种事情无所谓！我那丢人的过去根本无关紧要！现在重要的是不知道赤间同学情况如何。

“那个，你看起来好像在勉强自己……其实我觉得不需要努力到这种程度，应该也没关系吧？”

为了不让别人听到，我靠近赤间同学的耳边小声地对他说。

“咦？”

他瞪大眼睛露出吃惊的表情，不过也只是回了我一句“没什么”。

唔……果然还是我的错觉吗?

“真的没什么吗?”

赤间同学好像故意要避开这个话题似的,对着还在自言自语的我很活泼地比了一个胜利的手势。

这么一来,我再怎么样也没办法就这个话题继续追问他了。就这样吧?

接下来,在各种各样的喧闹吵嚷之中,我吃完了早饭,抱着胳膊开始考虑接下来要怎么做。

“不过比起接下来要怎么办,首先要解决的是今天放学之后的问题吧……”

没错……我现在根本没有那个余力去管别人的事情。

我呢,今天下课之后,又和昨天一样,不得不再去参加一场战斗。

*

——就在我与小冰见的战斗决出胜负之后。

通过终端实时观战的学生那抱怨和不满的叫声,马上就传到了我和小冰见的耳中。

战斗时设下的结界才刚解除,教学楼里面应该也没有人,这些声音应该是从相当远的地方传来的。隔着这么远的距离还能听到这么大声的喧闹,可见今天这场战斗大逆转的结果给他们带来了多大的冲击。

“……太好了！我打赢小冰见了！我赢了啊！”

“哼！好狡猾好狡猾好狡猾的说！冰见之前根本不知道绘留奈有那样的能力啊！”

小冰见像个闹脾气的小孩，不停蹦来蹦去地抗议。她在对抗战过程中表现出来的那种独特的气质已经消失，又变回了平常那个不紧不慢的小冰见了。

不过，因为我自己事前也不知道关于能力的事情，所以其实在“吓了一跳”这个角度上来说，我和大家都是一样的。

就算紧盯着自己刚才还射出过光能子弹的手指尖，好像也完全感觉不到刚才那种强大的热能，就像凭空消失了一样。

虽然比较缺乏真实感，但是我应该并不是在做梦。

“哼哼哼！本来还想至少要反攻一下呢，结果竟然就这样结束了！”

小冰见眼睛里含着泪，开始捶打得意忘形的我。

“哼！唔！狡猾的孩子！”

虽然觉得自己并不狡猾，可是她的样子实在过于可爱了，所以我还是决定就让她打一会儿好了。

不知道星锁前辈有没有看啊。不知道她会不会夸我啊。不知道她能不能跟我结婚啊？

跳跃性的幻想正是我最擅长的领域，我脑子里现在已经想到了婚后生活和准备要几个孩子的问题了，正深陷在幸福的妄想之中。

“绘留奈，绘留奈！溜咿！”

对，我们两个是回家部的成员。然后我们要回的地方……就是同一个屋檐下的家！那样、那样是不行的星锁前辈！

“你听不到在下说话吗溜咿？绘！留！奈！”

“你给我安静一会儿！”

“溜，溜咿……”

毕咪一只手上还拿着一个拉炮礼花筒，好像完全没办法掩饰自己的兴奋，准备响亮地来上一下，不过我一个人比较希望它能晚点再说。

真是的！就不能安静地等别人完成整个妄想之后再说话吗，这难道不是应有的礼节吗！

我举起了垂头丧气的毕咪。

“骗你的啦！谢谢你毕咪！噢耶！”

然后像要跟它一起分享喜悦一样又把它抛向了半空。

“你刚才那冷淡的态度绝对不是骗人的溜咿……”

毕咪没有怎么抵抗，被我像个玩具一样摆弄着，一边还发着牢骚。

不能太在意细枝末节的小事呢，嗯。

然后，毕咪重新调整情绪，拉响了那个礼花拉炮。嘭的一声，不知道为什么连小冰见都和我们一起欢腾起来了。

“哇啊！恭喜你！”

看起来好像是这种聚会一样的气氛，让她也高兴起来了。话说回来，这家伙真的比我年长吗？这不就是个小孩子吗？也太天真无邪了吧？

“唉……是冰见输了呢！可恶！真是的！”

结果闹到一半她好像又想起来事情到底是怎么回事，又开始追打我了。

啊啊……我本来是一个希望将来可以不工作吃软饭的人，一直盼望着能过上每天玩游戏的人生，可是即使是这样的我，为了她的话，应该也愿意努力工作吧……

从今天开始，希望小冰见戴上写着“天使”的名牌。

我批准了！我敢打包票，这名牌名副其实！

“虽然打败了小冰见确实让我又惊又喜，不过刚才我怎么觉得身体特别轻盈，就好像根本不是我自己一样……”

“嗯嗯，绘留奈确实跑得很快呢！”

是这样啊。虽然我本来就对自己的体力很有信心，可是冷静下来想一想，也不应该快到这种程度。

“嗯哼！关于这一点就由在下来做个说明溜咿。”

毕咪故作姿态地清了清嗓子，蹲到我头上开始说明起来。

“一旦在这所御神乐学园中自己的能力觉醒了，运动能力同时也会得到一个飞跃性的提升。这个并不是只有绘留奈会这样，所有学生都一样的。”

“没错，冰见也是哦！来御神乐上学之前超级不擅长运动。

跑步的速度也是难以置信的慢呢！”

小冰见跟着说，像是在给毕咪的说明做补充。确实，她看起来就是一副不太擅长运动的样子……不过如果我把这句话说出来，又会被她的粉拳捶上一顿吧。

“只不过，这所学校只有文化系课后活动部门，到这里来上学的学生大部分又是从初中部直升上来的，所以也都是文化系，像绘留奈你这种情况才是极度少见的溜咿。对于本来运动神经就相当优秀的绘留奈来说，在御神乐学园觉醒自己的能力之后，运动神经当然也被提升到了另外一个层次上了溜咿！”

“原来如此，这样我就明白了！所以我的身体活动起来才会变得这么轻快啊！”

我尝试着原地跳了一下。哇啊，竟然能跳得这么高，这也太好玩了吧？

“此外，其实还有另外一个秘密溜咿。”

就在我跳来跳去的过程中，毕咪也还留在我的头顶上，一边时不时地摆正差点滑落下去的身体，一边继续说明。

这样会不会咬舌头啊？没问题吧……

“请不要用那种期待看热闹的阴险眼神来看在下溜咿！”

它一边说，一边飘飘悠悠地从我头上飞了起来。什么嘛，真遗憾。

“我想绘留奈应该不知道吧，流着一宫家血脉的人，从以前开始就经常会出现一些具有超出一般程度的能力的例子溜咿。一直生活在你身边的表哥二宫时雨就是其中的一个。所以，在下早就想到事情多半会变成今天这个样子溜咿！”

这种事情，别说我妈妈了，就算把所有有亲戚关系的人都算上，我也从来都没听说过……不，也可能是听过的，然后因为我正在打游戏哼哼哈哈地就错过了也说不定。这个可能性也是有的，而且很大……如果毕咪说的都是真的，也就是说我本来就和这所御神乐学园很有缘分吧？

真是的，如果事情是这样的，入学考试那时候时雨就应该告诉我嘛！

“好狡猾好狡猾！小绘留奈果然是狡猾的小孩呢！这么一来，不就等于是命运让你来到御神乐学园的吗！”

小冰见嘴里喊着的这个词——命运——对于最喜欢玩游戏的我来说，可以说是能让我兴奋起来的关键字。

这样啊，说不定我就是为了在这所学校里成为英雄，才诞生在这个世界上的！

拜这份高涨的情绪所赐，我充满干劲地摆出一个神秘的变身姿势。当然，我并没有真的变身。

“哇啊，这个姿势好帅啊！冰见也要做！嘿呀！”

小冰见也学我的样子摆姿势，不过因为姿势有些微妙的不同所以学得并不是很像，这也算是小冰见的特点了吧。

对抗战的获胜方和失败方。不过，我之前还有点担心战斗结束之后我们之间会不会产生什么隔阂，结果完全没有，反倒是因为双方都全力战斗而使得彼此之间惺惺相惜，进一步缩短了我们之间的距离。

这场对抗战的安排本来还让我觉得有些害怕，可是如果对抗战都是这样的氛围，那我还真想参加更多场战斗呢。而且心里特别感谢突然提拔我让我暂时入部的星锁前辈。

不知道是不是结界解除之后进入教学楼的学生越来越多了，刚才的那种紧迫感已经完全消失，就像从未存在一样，就像出轨的列车渐渐回到了轨道上一样。

“首先应该去向星锁前辈汇报一下。毕咪，应该怎么做？”

“那就用你的终端……哦，哎哟哟！好像有音频电话打进来了溜咿！”

就在毕咪说话期间，我的终端响起了很欢快的音乐声。

这应该就是类似于手机的来电铃声一样的吧？我把终端拿在手上。

“——显示的是女神的照片！这个要怎么操作才能保存下来啊？那个，那个，如果我亲这个画面的话对方会知道吗？”

“总之在下希望你先冷静下来溜咿……”

就算它这么说，我也没那么简单就能冷静下来啊，就在我咋咋呼呼的过程中，音乐中断了。

“唔呀啊啊啊啊啊啊啊啊啊！”

“等，不要掐在下的脖子溜，咿……”

“咦，绘留奈！老师要死啦，要死了啦！”

这种事情无所谓，难得有机会我却没听到星锁前辈的声音要怎么办啊？难得对方竟然主动来联系我啊！

“咳咳，一瞬间好像看到一片不应该看的花田溜咿……在下刚才是不是都翻白眼了溜咿？”

因为毕咪平时也是一副翻白眼的表情，所以我完全看不出他刚才是否产生了那种变化。

“没关系的啦，没关系！你看，终端上好像显示着还有一条信息——”

我顺着小冰见的手指看着显示屏，星锁前辈好像确实留下了一条信息。这真可以说得上是永久保存版呢……

“按这里就可以播放了。”

她一边说，一边就在屏幕上按了一下。

“女神出现了！”

对于以为所谓的留言就和电话录音一样的我来说，真是吓了一跳，情不自禁就直接摆出了五体投地的姿势。

“这是能同步播放视频投影的功能。是不是刚起床啊？看起来好像还穿着睡衣就打过来了呢溜咿。”

是的，就是这样。

最重要的点其实就在这里！

视频里的星锁前辈穿的并不是校服，而是自己的衣服！而且还是睡衣！

好！可！爱！YES！

我手舞足蹈地想把无法用语言表达的兴奋传达给小冰见和毕咪。

“唔！唔！唔唔！”

虽然很想罗列出一长串歌功颂德的词汇，可是没办法，我的思想现在已经完全是停滞的状态了。

“绘留奈？虽然不太清楚到底是怎么回事，好像变成某种未知的动物了……”

“看起来是刺激过大了溜咿……你还是别看她了溜咿。”

本来嘛，从终端上投影出来的真人大小就像本人一样站在那里的影像，真的有种很圣洁的感觉啊。

啊啊，现代技术好厉害！虽然还是能透过半透明影像看到后面的东西，可是那种连细微的小动作都能一一记录并播放出来的场面，真的相当生动。

“毕咪，你能不能暂时转过去一下？我现在有件必须要做的事情。我已经被使命感驱使得蠢蠢欲动了！”

“影像是摸不到的溜咿！还有你不要再喘粗气了！”

可恶，好像被它看穿了。算了算了，那我就过一会儿自己慢慢地享受！

唔嘻嘻——我一边用完全没有淑女气质的声音笑着，一边等着女神开口跟我说话。

大概就像毕咪说的，星锁前辈真的是刚起床吧。她先是姿势优美地伸了个懒腰，然后用很困倦的声音——硬要描述的话，就是那种很有风情的声音——淡淡地开了口：

“我觉得这个时间对抗战差不多应该结束了，所以联系你问一下，结果如何了？”

“你，你没看吗？”

扑通，我身子一软坐到了地上。虽然听见小冰见在一边嘀咕着说“光是她的反应就让人看不腻了”，可这让我怎么能不做出巨大的反应啊！

我本来还以为一定会受到表扬呢……现实与理想之间的落差也太巨大了吧。

镜头那一边根本没理会陷入消沉中的我，留言还在继续着。

“我希望不是通过视频影像，而是由你本人亲口告诉我。不只是对战的结果，还有你用自己的双眼看到的和感觉到的东西。我现在就要派人过去接你了，来我房间一趟可以吧？”

在星锁前辈温柔地说完以上这段内容之后，投影就结束了。

咦……咦？我本来还以为自己是被先高高抛起又被狠狠地摔回了地面，结果摔完之后又被抛了起来吗？

“糟糕了，毕咪，这下子可要忙起来了。”

“唔？有什么可忙的溜咿？”

“当然是要忙着准备结婚典礼啦！而且也要尽快决定小孩的名字……还得去跟双方的父母打招呼！”

“你，你冷静点溜咿！两个女孩子根本就不能结婚啊而且也生不出小孩，而且如果结婚对象是绘留奈，星锁根本不可能会愿意把你介绍给她的父母溜咿！”

“对，对哦！不对，你最后一句话说得不对吧？毕咪你是觉得我身为人类就已经是给人类丢脸了是吗？”

“那是当然的溜咿！”

一点都不犹豫就回答了我。因为它的回答太过于直接毫无基本的尊重让我倍受打击，以至于反射性地应承了下来，就这样错过了发火的时机。

“咦，绘留奈。好像还有说话的声音呢？”

小冰见把耳朵靠近了终端，一边做出“嘘”的动作，一边对我说着。虽然画面的投影已经结束了，可是在我们闹腾的过程中，星锁前辈的声音好像一直还在播放着。

“对了对了，我听毕咪说了很多关于你的事情……所以，这个画面和声音在播放完毕之后都会自动删除的。那么，稍后再见。”

这番话刚一说完，终端就发出了“哔——”的一声电子音，通知我残酷的事实已经铸成。

“留言已经完全删除。无法恢复。”

“给我等一下——”

“不等又怎样？”

“咦？怎么还会反问？倒是挺厉害的！但是这么先进的功能真的有必要吗？而且怎么突然用这种熟人之间的语气说起话来了？”

我对着终端拼命地质问着。难道是因为已经超越了最先进的技术水平，连人工智能都具备了吗？一件又一件极具冲击性的事情连续发生，就连绘留奈小姐我都觉得有些累了……

就在我顶着好几个问号不停摆弄终端的时候——

“终端上是没有那种功能的，我觉得那个电子音应该也是小星锁自己装出来的吧？真是厉害呢。”

小冰见笑呵呵地对我说。

咦，就是说刚才那几句话都是星锁前辈特意变声之后录下来的吗？最后甚至还预测到了我会做出什么样的反应？

“别看星锁那样，其实她很爱搞恶作剧的溜咿。”

“咦？真的？这种性格也好棒啊……不过倒是不太愿意去想象，她变声录音的时候是什么样子。”

会很满足地露出笑容说“很好，录得很完美”之类的吧？虽然这样的女神也很可爱但是我不喜欢啊——

不过，这样一来我就可以直接到星锁前辈的房间去汇报战果了。现在，我的喜悦之情已经开始不断地冒泡了。

视频什么的就算不能保存也没关系，我会把真实的女神的姿态完整地记录在我的心上！

我转眼就把刚才还想要写一篇以《人是否能终生热爱视频》为题的论文的事情忘到了脑后。

——我等着那个从星锁前辈的宅邸出发来迎接我的人，胸口被不断膨胀的期待之情填得满满的。

*

车窗外不断掠过的，是御神乐学园那绿化度相当高的领地。

而在车子里面的，则是沉浸于游戏之中的两个女孩和一匹怪兽。

“这不就是连在下也知道的国王游戏吗溜咿……这个游戏要玩到什么程度才能算是结束呢溜咿？”

没人理会提出疑问的毕咪，在坐车的过程中，小冰见和我一直在开心地玩着新版国王游戏。

“这个游戏是没有规则说明书的。只凭个人感觉决胜负！”

“就算你一脸自信地这么说，在下也还是一点都不明白啊溜咿……”

真是的，你好吵啊！要是不明白，就老实看着别人怎么玩就好了。

“哇啊，绘留奈你太会玩新版国王游戏了！你都到了什么级别啦？”

再次败下阵来的小冰见很不甘心地问我。很好你好好听着！我一直很想说呢！这是正我自满的地方！

“我的级别呢，已经是部长了！嘿嘿，最近刚刚得到认同获得了升迁呢！”

“明明在玩的是国王游戏，竟然一下子就出现了一个如此现代风格的职务级别！这不是上班族吗？这个游戏的背景时代到底是设定在什么时候啊溜咿？而且又是哪里的什么人批准你升迁的啊溜咿？”

当然，并没人去理会在旁边啰啰嗦嗦不停抱怨的毕咪，我们接着玩游戏。

这个游戏的玩法，首先是按照参加人数准备好纸牌，其中要包含一张王，洗好之后再分给大家。游戏的特点是以一首简单的歌谣作为开篇。而且还有一条很严格的地域性规定，就是在唱歌的时候，如果觉得不好意思没出声或者跑调了，都是要扣分的。

所以，不小心谨慎地唱可是不行的。

“王啊♪王啊♪愚蠢的王啊♪蠢蠢蠢蠢♪国王游戏4♪”

我和小冰见很认真地唱歌。从这个阶段开始，就已经在互相衡量对方的实力了。哼哼，小冰见……挺有长进啊？

“停一下，你们停一下溜咿——！这歌简直满满的都是槽点！能不能请你们等一下？别再好像什么事情都没发生一样接着玩下去了溜咿！”

“真是的，老师啊，难得我们正玩得高兴，希望老师别在人家正斗得热火朝天的时候泼冷水啊。”

小冰见，即使你这么说也没有意义。作为一个外行人，它根本连现在是不是正在激烈战斗都判断不了。

唉，我长叹了一口气，明显表达出一种“真拿你没办法”

的态度。毕咪有点战战兢兢的样子，不过还是开口说道：

“刚才那首歌是怎么回事溜咿？说不定是在下搞错了，所以希望你们能再唱一遍来听听……”

“咦咦，真拿你没办法，那小冰见我们再唱一遍吧，一、二！”

“王啊♪王啊♪愚蠢的王啊♪蠢蠢蠢蠢♪国王游戏4♪”

“最后是说了一个4吧溜咿？新版♪国王游戏已经是第四部了吗？这游戏是什么时候开始变成这么长篇的系列的溜咿？”

真可怜啊……毕咪这完全是被时代的大潮抛弃了呢……

嘭嘭。

“绘留奈？能不能请你不要好像很同情似的，默默地拍在下的肩膀啊溜咿？虽然不明白这是为什么，但是让人觉得很屈辱好吗？”

小冰见也像是无法控制自己的伤感，抬手抹了抹眼角，然后开朗地继续玩游戏。

“老师，你从现在开始学吧？没关系，冰见不会嘲笑你的！”

“谢，谢谢你溜咿……咦？”

虽然还没完全接受，不过好像是觉得既然别人都这样说了，也许问题确实出在自己身上？毕咪暂时安静了下来。

“那么我们就继续吧！再唱一次吧！”

我看到小冰见频频点头同意，便高声唱了起来。

“王啊♪王啊♪鱼群的王啊♪群群群群♪个人认为是鲔鱼！”

“停停停停一下，停一下溜咿！什么，这唱的什么？歌词都变了吧？而且最后那句根本都没在唱就是在喊了吧溜咿？”

“有很多不同的版本啊。说到鱼类中的国王，那当然就是鲔鱼了对吧？有哪里不对吗？”

小冰见像在质问小孩子一样义正辞严。

嗯嗯，说得没错。

“哪里都不对好吗溜咿！简直是一个谜题套一个谜题，都快要陷入迷宫之中了溜咿！”

“哈哈，我明白了。所有的谜题都已经解开了！毕咪你是不喜欢吃鲔鱼吧？”

名侦探绘留南抛出了重磅推理。犯人，以一副微妙的外形诞生在这个世界！长着一张想要模仿可爱的动物，却又失败了的脸！

“在下才不是不喜欢吃鲔鱼，而且在下想说的也不是这个事情溜咿……知道了，是在下的不对，不用在意我，请你们继续玩吧溜咿……”

虽然不太能接受它说这番话的时候那副放弃了的表情，不过还是算了吧。

那么，就继续玩游戏吧。我做了一个推眼镜的动作，扶正了我脸上根本不存在的眼镜，继续开心地玩起了新版国王游戏。

首先，就是从和小冰见一起合唱这一步开始重新来过。

基本上来说，这也算是一个聚会上常见的游戏，所以不能打破这种愉快的气氛。这是相当重要的一点。

“王啊♪王啊♪愚蠢的王啊♪蠢蠢蠢蠢♪国王游戏5♪”

“……在下已经什么都不会说了哦？不再吐槽了哦？在下已经明白认真就是输了溜咿。”

明明就没有什么值得吐槽的地方，它到底是在说什么呢？真是莫名其妙。

“谁是国王！”

我们一边说，一边确认自己手上的牌。嗯，好遗憾。我不是国王……那么就是小冰见了。

“寡人是国王啊？”

小冰见马上从口袋里掏出准备好的假胡子戴在嘴唇上，做出很有威严的样子开口说道。

“是必须要角色扮演到这种程度吗？用尽全力都还是跟不上你们的节奏溜咿……”

就是要演才好玩啊，毕咪真是不懂。

这本来应该是更多的人一起玩的游戏，但是现在只有我们两个，所以只有我自己跪在了国王面前。都不管在车里根本没有这个空间，还是勉强跪下了。因为属下在国王面前的时候必须随时保持这个状态。而且国王的命令是绝对的。

然后，接下来的内容才是正题，让人紧张得手心出汗的互动即将开始。即使把这个游戏称为心理战也不为过，这是国王与随从的正式对决。

首先由身为随从的我发起攻击。

“国王陛下，此乃世所罕见的，笨蛋根本看不见的点心！”

干得好！我真是干得太好了！

作为对我的攻击的回应，小冰见哼哼唧唧地想了一会儿之后，夸张地点头认可了。

“嗯，不错。寡人当然不是笨蛋所以看得很清楚。那么……就让寡人赐你笨蛋看不见的奖赏吧！”

“不胜感激！臣也不是笨蛋所以可以看见陛下的奖赏。臣在想，是不是应该用这奖赏换一辆进口车离开这个国家呢！”

哼！真是一场势均力敌的激战！这在新版国王游戏史上也是罕见的重要比赛吧？

我和小冰见用力握住对方的手，肯定了对方精彩的表现。

“刚才这是什么意思？难道这就已经结束了吗溜咿？虽然整个有一种好像比试得很精彩的气氛！结果到底是哪边赢了溜咿？这恐怕根本都称不上是个游戏吧？”

毕咪好像已经忍耐到了极限，终于开始大放厥词。

“咦，难道老师没看懂吗？好丢脸啊！”

小冰见脸上还戴着那个国王的胡子，很高兴地说着，说得毕咪抿着嘴愣了一下，然后还是想出理由来反驳。

“因为很突兀地出现了进口车啊？你们不是在玩幻想背景的游戏吗？世界观到底变成什么样了溜咿？”

嘁嘁嘁，我摇着手指，实在没办法只好解释给它听。

“我跟你说吧，这个游戏的规则，笨蛋是搞不懂的。”

“唔……”

“所以呢，这是一个所有参加游戏的人都要即兴参与，跟不上的人就是笨蛋的游戏系统。也就是输了。”

“这样好玩吗溜咿？也就是说这一轮是在下输了？在下根本是从一开始就完全没有跟上过这个游戏溜咿……”

“没错，就是这样！毕咪输了！耶——耶——！”

毕咪好像还是没能理解，脑袋上面冒出一股白烟，就这么飘飘忽忽地倒下了。

没关系，这个游戏一开始就是为了让所有人都无法获胜才设计出来的。然后在玩的过程中渐渐理解游戏的乐趣，让人不知不觉间被过于超现实主义的规则的魅力所折服……虽然最后会变成这样的也只有极少数的人，大部分的人都是震惊之下就这么不玩了。

至于驾驶汽车的胡桃老师，不知道她是一直安静地在旁观我们玩游戏，还是完全无视我们的存在，总之她的一句“马上就要到了”，宣告了游戏的终结。

而让人震惊的是，入学考试时来过的那个大宅，就是星锁前辈的家，而胡桃老师好像也兼任这所大宅的女仆。

“我只能睡在睡袋里……我已经受够了睡着之后，一翻身就从楼梯上滚下去的日子了……”

“绘留奈，你睡相不太好呢。”

小冰见好像有点在意。不过，随便就说别人睡相怎么怎么样可不太好听呢。希望她能够使用“真是有活力”之类的，更加积极向上的表达方式。

话说回来，与其说是睡相的问题，我觉得这更是构造上的问题。睡相不好从床上掉下来我倒是可以理解，毕竟我以前在家里住的时候就是那样的。可是从楼梯上滚下去，就明显是居住环境的问题了！绝对是这样的！

不过，因为暂时加入了回家部，而且我今天还打了胜仗，所以可以从睡袋毕业了！今晚就可以想从床上掉几次就掉几次了！呀吼！

至于为什么还是要掉……因为主角是我，所以希望大家就睁一只眼闭一只眼，别太在意了吧。

*

“哇，真是好久没来过了！”

在我们东扯西拉的过程中，车子已经抵达了星锁前辈的家门前。

话说回来，有一瞬间其实我也想过，毕咪也就算了，为什么连小冰见都跟着一起来了呢？不过看她兴奋地打量着大宅的样子，大概只是基于单纯的好奇心的行动吧？

不不，也许只是不想跟我分开呢？大概是为了能尽量和我在一起，即使多待一秒也好。

“在下觉得应该不是溜咿。”

“都说过了请你不要再看透我的内心了好吗？”

虽然也可能只是因为我的想法全都表现在脸上，不过毕咪只有在这种地方感觉相当的敏锐。

“因为早就有谣传说小星锁的家很了不起的呢！而且好像从来都没请谁到家里来过，所以觉得这应该是个好机会！”

小冰见眼睛闪闪发光地发表着自己的见解。不过，这些对我来说完全无所谓，我马上就要跟星锁前辈汇报今天的战果了。

倒是对抗战的对手小冰见也在现场，让我有点尴尬……怎么可能嘛。只是一句场面话而已。不管谁在场，我都有自信能够不遗余力地炫耀自己的胜利，我一宫绘留奈就是这样的女子。

不过自己这么说自己确实还是有点不好意思。还是应该多为别人着想一下比较好吧。

胡桃老师好像对身边正在进行的对话内容完全没有兴趣，只是很酷地咔哒咔哒继续向前走去。

肯定是想要我们闭上嘴跟上去吧。于是我便和当初考试的时候一样，一边东张西望地打量着周围，一边跟了上去。

自从知道这所大宅是属于星锁前辈的，观察的角度就完全不一样了。

“女神每天就是在这间浴室里清洁自己的身体吗……啊啊，每一天都……”

“……能不能请你不要一边针对小姐进行奇怪的想象一边

东张西望？”

胡桃老师一脸不情愿的样子开始教训我。因为现在在大宅内部，所以她已经完全转换成了女仆模式。

真是没礼貌，这才不是奇怪的想象！我在幻想的，可是很神圣的画面！

“绘留奈，你是变态吗？”

小冰见一副不可思议的表情问道。

不要用那种纯粹的眼神看我！不要这样啊！

“并不是！我只是不管何时何地都对自己诚实而已！只是过于正直而已！”

如果只是这样就被说是变态的话，那我可真就无路可退了。

途中，我和小冰见一起在大宅里乱逛，结果被胡桃老师沉默着抓到，警告般地敲了我的头。

怎么好像都是我不对呢？一定是哪里搞错了。在我这样想着的时候，我们已经被带到了顶楼星锁前辈的房间。

“哇！这里就是女神每天露出自己的肌肤换衣服，并毫不戒备地睡觉的房间！好想潜入进去！好想偷偷安装摄影器材，每天二十四个小时不间断地观察里面的情况！”

“绘留奈有时候会变得很恐怖溜咿……”

“咦？是吗？为什么呢？”

胡桃老师摇响了挂在房间门上的铃铛，又等了一会儿才打开了门。

门上竟然挂着这样的铃铛，这件事情本身就给了我很大的冲击。贵族……不对，这已经是王族的房间规格了吧？像是我在自己家的房间，可以说是谁都能随便进出，而在学校里更是极度自由地睡在连门都没有的睡袋里，根本就从来都没有过什么所谓的隐私权……

门打开之后，我和小冰见两个人探头探脑地环顾着房间的内部。

“这什么情况……这个面积真难以相信竟然是一个人的房间啊……”

小冰见难以掩饰自己的震惊，小声嘀咕着。不仅仅是大，还非常整洁。

“这个面积，如果放绘留奈睡的那种睡袋，都不知道能放得下几百个呢溜咿。”

“你这种损人的方式，虽然老土却真的让我很受伤，可以别再说了吗？”

我现在已经渐渐对睡袋产生了感情。渐渐地感受到了睡袋的可爱之处呢。

“这里有张带着顶棚的大床呢！而且不管我怎么看——就算揉过眼睛再看——星锁前辈好像都正躺在上面吧？”

在轻薄纱帐的另一边，能看到一个半梦半醒间的少女。

“对抗战的时候好像就在睡觉啊，看起来跟绘留奈联系之后又睡了个回笼觉啊溜咿……”

“果然爱睡觉的小孩长得快吗？唔，冰见是不是也应该睡得更多一些呢？”

可以的话，我希望小冰见永远保持这样的身材不长大——我脑子里一边想着这个万一被问起会让我也觉得很难回答的问题，一边安静地看着胡桃老师温柔地唤醒我的女神。

“大小姐，大家已经抵达了。请您起来。唔……还想继续睡吗？那我让大家等着，请您尽量睡好。”

“感觉空气中充满了甜腻的味道！啊不对，胡桃老师，你对大小姐也太宠了吧？”

虽然我也希望能得到如此宠爱，但是估计说了也是白说吧。

不过我还是想在此呼吁一下：在学校里，前辈也和我一样是一介学生而已！希望老师您能给予我们同等的爱！

想着这些的同时，我的情绪竟然少见地几乎要落入低谷。这都是因为即使站在同为学生的立场，可能我和前辈两个人也不一样呢。

按照现在的气氛，如果我们都不插手的话，恐怕胡桃老师马上就要开始唱摇篮曲了。虽然我也挺想听的，不过还是不行，因为——

“星锁前辈，我赢得很漂亮哦！我保住了回家部的荣耀哦！请夸奖我，夸我夸我！”

我一边嚷嚷，一边朝着带顶棚的大床径直冲了过去。虽然说回家部到底有什么荣耀还是挺值得质疑的，不过现在可以先不管它。

听到我的话后，前辈从纱帐里边探出了头。我不假思索地扑过去想要抱住她，结果却被胡桃老师倒扣住双臂，按在了半途中。

可恶。

“能不能告诉我，你是怎么战胜冰见同学的呢？”

“小星锁，‘冰见同学’什么的也太见外了！你叫我冰见见就可以啦！”

虽然小冰见一直要求包括书道部的成员在内的大家，用这个奇怪方式来称呼她，但我却从来没听任何人这么叫过她。

星锁前辈拍了拍床，示意我们坐下，大家就排成一排坐在了床边。

这什么情况？这不就是乐园吗?!如果没有毕咪的话，简直可以称得上是极乐了吧？倒是不知道为什么，连胡桃老师都跟着一起坐下来了。我开始有点搞不明白，这个人到底是怎么理解“女仆”这一身份的。

接下来，我一边回忆着对抗战的经过，一边在小冰见和毕咪时不时地补充之下，总算把情况跟星锁前辈解释了一遍。

“人家明明有好几次都在死皮赖脸地释放着求表扬的气场，结果却连一句表扬也没听到！我想要连笨蛋都能看得到的奖励啊！”

“就算你真的是这么想的，也不应该说出来溜咿……”

毕咪愕然地对我说。

可我到这里来的主要目的，就是想得到表扬的啊！我很不满！就是不……

就在这个瞬间，因为头顶传来温柔又温暖的触感，让我一下子僵住了。

“你很努力呢。”

星锁前辈只说了这几个字，安静地摸了摸我的头。

“哈，哈哇！哈哇哇哇哇哇！”

“呵呵。太好了呢，绘留奈。”

连小冰见都开始摸我的头了。搞不好，现在就是我人生的巅峰也说不定！我根本想不到还有什么能带给我超过现在这种程度的幸福的感觉。

“不过……”

星锁前辈一边说，一边突然停下了手上的动作。难道这样就已经结束了吗？巅峰终结了吗？我的人生从此就要走下坡路了吗？

“的确……你是很努力了。但听你们描述的情况，你能战胜冰见同学，最主要的原因还是冰见同学的轻敌啊。”

“唔？”

这不就等于是被预料之外的流弹击中了吗？而另一边的小冰见，则马上就表现出很典型的惊慌失措的表情。

“如果冰见同学一开始就直接全力进攻，其实你的水晶是很难被她击破的。不是吗？”

面对星锁前辈的问题，小冰见只是嗫嚅地抿着嘴：

“那是……”

“才，才没有那种事呢！其实进入御神乐学园并成为学校的英雄，就是我天生的命运！没错，即使对手是星锁前辈，我也能打出精彩的比赛的！”

我其实也知道自己大话说过头了，可是头脑一热就管不住嘴了。

我慌慌张张地想把大话圆回来，却想不到合适的理由。

“你还挺有自信的嘛……那干脆就这么办吧。”

星锁前辈嘴角上翘，看上去好像很愉悦的样子，并提出了一个提议。

她竖起一根手指，虽然好像并没有生气，却很有她个人独特的气质，让人觉得有点害怕。

“明天下课之后，跟我打一场模拟战吧？如果你能打破我一颗水晶，我就同意让你正式加入回家部。不过，如果连一颗都没能破坏的话……”

“——如果没能破坏会怎么样呢溜咿？”

毕咪替我问出了这个问题。

“唔……这样吧。如果没能破坏的话，很遗憾，我会取消你临时加入的资格。也就是说，你会重新回到没有部门的状态，怎么样呢？”

“咦？绘留奈就算再怎么有才能也只是个新生啊！要破坏小星锁的水晶还是不行不行的啦！”

“说得没错溜咿！这条件太苛刻了溜咿。”

小冰见和毕咪抢着开口。

真是不甘心，看起来对于他们两个来说，我是完全不可能有胜算的。可是，只要我使用跟小冰见战斗的时候用出的那种能力，只是打破一颗水晶的话，也许是可以做到的呢！

我本来还想着能得到前辈毫无保留的称赞，众望所归地顺利加入回家部，但前辈却提出了这个提议，让我倍感挫折。

我脑袋一热，便开口说道：

“好啊，那就打一场吧！如果我打破了学姐的水晶，就要按说好的条件，让我作为回家部的正式成员，搬到这间大宅里跟前辈一起住！”

“你怎么还擅自增加了条款啊溜咿？”

这种程度的条件肯定没问题的。我鼻子里喷着热气，决定如果前辈不同意就一步也不离开这里。

“等等，重新考虑一下啊！如果没做到你就又要变成没有所属部门咯？又会变回睡袋人了哦？”

小冰见很着急地阻止我。不过，这个睡袋人的说法还是改一下比较好吧。

咦？等会……难道说她私底下一直是这么叫我的吗？写作“绘留奈”读作“睡袋人”吗？至少，至少也应该是睡袋女子……

不过，就算她再怎么阻止也没有用，因为一旦决定了就不能反悔乃是睡袋人的信条。

啊，不对，我就这么接受了睡袋人的称呼了吗？

现在不是想这些的时候——

“我不会输的！明天下课之后，就是我们决战之时！”

我唰地一下从床上站起来，俯视着星锁前辈说道。

“啊啊，溜咿。”

毕咪伸手遮住了自己的脸，好像很懊悔没能拦住我发表这番论点。

不会有事的，如果要求我获胜倒是不好说，但是现在只需要击中一次而已。

一定能够成功的！我乐观地鼓励着自己。

然而直到最后，我都没注意到星锁前辈的低语——

“已经可以看到会有怎样的结果了呢……”

*

胡桃老师开着车，把我送回了已经住得很习惯的宿舍楼。可是——

“今晚也是睡袋吗？”

回去之后让我发出叫喊的地方，当然还是在我的睡袋的前面。虽说还没在绩点数上反映出来，这个现实也确实过于残酷了。

“睡袋的事先放到一边，这里再怎么说也还是走廊，绘留奈你这算不算是私有化得过头了啊？是为了居住舒适才做的改造吗？”

就是这样，就是这样！竟然被小冰见看出来了呢！

不过，其实确实是一眼就能看得出来的。

墙上贴着我喜欢的偶像明星的海报，还用纸板箱围出了另外几面墙壁。如果只是这样放在那里的话，看起来实在太像那种无家可归，需要住在纸箱子里的人了。所以，我又按照自己的风格在纸板上画了图案，做出了类似于壁纸的效果。

因为住在睡袋里的时间已经很长了，如何让自己在这环境下过得更开心已经成为了最重要的课题。虽然我的改造方向不是积攒绩点尽快搬出睡袋，而是接受了睡袋生活只考虑如何在这里住得舒适，这一点就连我自己也是会觉得有点不好意思的。

“随时都有可能被撤掉的溜咿。”

“为什么？反对征收土地！”

“这本来也不是绘留奈的土地吧溜咿？”

已经居住了这么长时间，还对这个地方产生了感情，就算说这是属于我的土地也不算是言过其实吧？当然，我自然希望马上就能有一间属于自己的房间，能一秒都不等就搬过去住，但对这里，我也是有感情的。真的哦！

啪嗒啪嗒，小冰见很感兴趣地在我用纸板箱做出来的隔断上东敲西打，接着就突然“唔”了一声。

“那，那冰见也要回自己的房间咯？明天加油哦！”

然后就铁青着一张脸逃跑一样地走掉了。突然发生什么事情了吗？明明可以在我这里放松一下的嘛。是因为这个地方让她无法放松吗？希望你不要小看了纸板箱带来的温暖哦！

“绘留奈，这个……”

我看向毕咪指着的方向，刚才小冰见拍打过的地方，纸板箱已经损坏变得一片狼藉了。

“小冰见！”

那个大概是被她把整个身体都压上去拍打的地方，已经完全损坏，变成无法复原的状态了。虽然大概还可以用胶带修补一下，可是那样看起来不就更凄惨了吗？而且住纸板箱的感觉也会变得更强烈了。

反正只要坚持到明天打败星锁前辈就行了！我这样鼓励着自己。

看着我老老实实地钻进了睡袋，毕咪好像也不知道说什么才好了，留下一句晚安，就唰地一下飞走了。

“没关系没关系。反正我就是睡袋人嘛。”

现在对于我来说，在睡袋里睡觉已经变得相当习惯了，习惯到可怕的地步，我甚至怀疑就算哪一天我有了自己的房间，都会在床上再放一个睡袋来睡。

不对，那也太反常了，绝对不能让这种事情发生。

我现在的心情，完全就像已经赢定了似的，相信自己从明天开始就能成为回家部的正式成员，和星锁一起住在那座大宅里。包括对抗战在内，经历了那么多事情，不知道是不是在不知不觉之中身体已经相当疲倦了，我闭上眼睛之后就马上进入了梦乡。

虽然事后从路过走廊的行人口中得到的目击证词，指证我当时说了这样的梦话：

“唔嗯唔嗯……我睡的是笨蛋眼里看来就是一个睡袋的高级床。软软乎乎蓬蓬松松呢。”

不过，我觉得这必然是对我的恶意抹黑。

因为这种梦话，实在是过于可悲了……

第二乐章 无气力大战

“这个世界上每一个小孩的出生都是受到祝福的”。

这是哪个故事里提到的呢?

是一部电视剧吗?还是一本小说?

我对这件事的记忆十分暧昧,恐怕跟我内心深处根本完全不相信这种说法不无关系。

赤间游兔,戏剧部代表。所有人都喜欢我,朋友多得数不过来。

我到底是从什么时候开始的呢……“扮演”着这样设定下的所谓的自己?

每次回忆过去,场景中一定会出现的人物都是弟弟。

“游兔哥,游兔哥!我要演亲戚的大叔,哥哥你来演奇迹超人!”

“抱歉,完全没听懂。这是什么玩法啊?亲戚的大叔到底是怎么跟奇迹超人扯到一起的?”

他是一个天真烂漫又爱黏人的弟弟,对于我这个哥哥的态度,也是很常见的仰慕和撒娇。只是,每次玩过家家类的游戏都会搞出很奇怪的角色分配,这一点我希望他可以改一下。

我完全不想去猜测弟弟所想出来的角色,这可能就是我的演技能适应多种角色要求的出发点。

“唔嗯，简单说明一下的话，就是一个偶然间看到过奇迹超人的真身，然后想要凭借这个猛料写本书来赚钱的亲戚的大叔吧！”

“这人也太差劲了吧！”

我以前很喜欢伸手去摸哈哈大笑的弟弟的头顶。

只是，我却做不到像弟弟那样开怀大笑。不管是多么让人开心的事情，我都无法顺利表达自己的感情。

我和弟弟完全相反。如果弟弟是表，我就永远是里。

到公园去玩的时候，弟弟也能马上和陌生的小朋友打成一片，交到好多新朋友。

而一样到公园去玩的我，就完全没有任何人上来跟我说话，最后连小朋友的圈子也无法融入，只能在旁边看着别人玩。

一定是因为这个原因，父母都只喜欢弟弟，对我就不理不睬置若罔闻……我总觉得大多数时候，自己只是个局外人。

“为什么不像疼爱弟弟那样疼爱我呢？我们都是一样的小孩吧？为什么只有我被忽视？”

我连这样的问题都没有勇气提出来。

我用来封闭自己的壳变得越来越厚，排除了我，他们就是一个像童话故事一样美好的幸福家庭，这个事实让我难过得无法自拔。

只是，我所看到的这种幸福，一定是扭曲的幸福。

勉强维持的家庭，一瞬间就土崩瓦解。

“游兔哥呢？游兔哥为什么不一起走？喂，为什么啊？”

“那孩子要和爸爸一起生活了。来吧，我们走。”

我愣在原地目送他们一边说话一边走远的那个场景，直到现在都还会出现在我的梦里，让我几近崩溃。

直到最后一刻，妈妈都没有看我一眼，没有跟我说一句话，就那么离开了。

“啊，一定是因为我不会笑。是个有缺陷的残次品，所以才没人要。所以才留下我……扔下我走掉了。”

每一个小孩的出生都是受到祝福的——这不过是不切实际的幻想而已。

当时我就咬紧牙关下定了决心。再也不要这种事情发生在我的身上了。

我要扮演一个像弟弟一样的，大家都喜欢的“赤间游兔”。

这并不是那种积极的、充满了力量的行为。

这只不过……是没有干劲的，我独自一人参与的政变。

要欺骗别人，就要先欺骗自己。

“要连自己都相信才行……能做到吧？”

*

铃声响起，一天的课程终于结束了。

老实说，我脑子里全都是下课后的事情，完全没能集中精力听课。

虽然毕咪大概会说我“从来就没集中过溜咿”之类的，但我平时还是经常集中注意力观察胡桃老师的美丽容颜。面对班里女同学的绝对领域时，也会以绝无仅有的高度集中的精神能量，放出炙热的视线。

而且我的集中力是获得过高度评价的，还被人说：“一宫同学总是集中精力关注一些无关紧要的事情呢。”

这是在夸我吧？并不是在挖苦我吧？对吧？

我觉得把所有事情都往好的方面去想，正是我的优点之一。人生，如果不尽情去享受就太浪费了嘛！

如此这般，我来到了作为对战场地的运动场。

这里没有太多可以隐藏的地方，不过面积相当广阔，看起来是一个可以充分发挥自己速度的战场。

因为距离战斗开始还有一点时间，所以封锁结界也还没有张开。四周到处都可以看到来支持参赛者的人，还有听了谣言想要来现场观战的人。

“嗯，天气真好！可以说是最适合小绘的天气了！我希望能把今天定为绘留奈日，以后每年的这一天我们都约会庆祝，你觉得怎么样？”

时雨一边伸着懒腰，一边又做了一番傻瓜宣言。既然他说是来给我加油的，那我希望他能少说点让我意志消沉的话。

“平常的节日我倒是都挺喜欢的，但是如果你真要这么做，那我也有自信每年的这一天都会发烧不能出门哦。”

其实时雨能来，倒是确实让我不那么紧张了。如果这是他预料之中的效果，倒也称得上是一个靠得住的表哥——

“你发烧起不来的话，就改成由我来照顾病人一整天的日子吧！因为发了烧而变得柔弱的小绘，会变得比较直爽，很可爱哦！”

看起来他应该没想那么多，只是误打误撞了而已。真是太遗憾了。

“到那边去！”

我轻踹着时雨，让他离我远一些。

“小一宫永远都是这么闹哄哄的呢。”

说话的是坐在稍远一些的围栏上的赤间同学。在我的印象里，他身边总是被戏剧部的成员们包围着，这次倒是很少见的只有他自己。

“哦，是赤间同学！你是特意来给我加油的吗？”

正在我对他表示着热烈欢迎的时候，他却拿出自己的终端伸手指给我看，

“我是看了这个照片才来的。小一宫，你还挺上镜的嘛！”

赤间同学露出促狭的笑容，让我看他终端的显示屏。

“照片？什么意思？”

时雨好像也很在意，马上打开自己的终端看了起来。

我凑过去一看，不知道是不是刚刚推送到手机上的消息，学校新闻的图标上，新消息的提示正在闪烁。

“这，这是什么？”

《引人注目的模拟战！话题中心的新生 一宫绘留奈VS回家部代表 御神乐星锁》

这则消息的标题，还算过得去吧。被过度关注的感觉其实并不坏。

可是，可是啊。

“这张照片，跟模拟战完全没有关系嘛，这不就是之前拍的吗……”

没错，这篇报道里最有问题的，就是照片了。明明这种时候才最应该用昨天对战时拍到的，我威风凛凛的样子才对啊。

时雨双颊泛红地看着照片，一副很高兴的样子——

“为，为什么穿着泳装还摆着杂志封面一样的姿势……真好啊，这个真好啊！”

还竖起大拇指表达着他的喜悦之情。

“不是的，虽然就是但是不是的！这张照片应该没有采用才对啊！”

没想到竟然在这种关头拿出来用上了……我简直要被绝望的气氛笼罩了。这样一来，我穿着其他服装的那些照片，今后也可能被用在奇怪的地方，这么一想我就浑身发抖。

我一边阻止时雨保存这张照片，一边对一旁的赤间同学发起了抗议。

“你就为了这种照片跑来的？我还以为你是来给我加油的，这让我情何以堪啊！真是不知道作何表情了！”

赤间同学唰啦唰啦地摆摆手，很灵活地在围栏上站了起来。还以为他是要做什么，结果就看他摆出了和照片里的我一样的姿势。

“混蛋！我不会原谅你的！我要揍你，我现在就过去揍你！你给我站着别动！”

“不用担心，虽然姿势是一样的，但是绝对是小绘摆得比较好看。”

时雨在一边打着圆场。但是你这种说法真的可以算得上是在打圆场吗？被放在一起比较这件事本身就够屈辱的了。

再怎么说我也是女孩子吧？啊，不过对方是赤间同学，他穿女装恐怕也很适合……

虽然说要揍他，到底只是开个玩笑，但我确实是准备走过去找他抱怨抱怨，发泄一下自己的不满的。不过在这之前，我就听到另外还有人啪嗒啪嗒地往这边来了。

我回头想要看看是谁，结果就看到了——

“哇，太好了！我赶上了！”

“啊，这不是明日同学吗！”

这个看到模拟战还没开始，放心地长出了一口气的人，正是天文部的射水明日同学。

“虽然还有一只奇怪的生物也像个赠品一样跟着一起来了，不过这也无所谓啦。”

“你说的是在下吗溜咿？你怎么把这段应该藏在自己心里的话都直接说出来了？你这可是犯下了一个单纯却致命的失误哟溜咿！”

“抱歉抱歉，我是故意的！”

“更讨厌了溜咿……算我求你了，我还是希望这真的是一个失误溜咿。”

毕咪一边抱怨，一边垂头丧气起来。

明日同学则是一副很紧张的样子，对着时雨不停地鞠躬行礼打招呼。他真是个很有礼貌的孩子。紧接着，他又跑到离得稍微有点远的赤间同学那边去低头问好了。

“您早！我是天文部的射水明日……啊，咦？”

“唔……”

结果明日同学才刚开口去打招呼，赤间同学却马上转身就走掉了。

哎哟？到底是怎么了呢？我看着时雨寻求答案，时雨也只是回了我一个证明他也完全不明所以的困惑表情。

看起来毕咪也不知道这是怎么个情况，莫名其妙地在空中飘飘忽忽地浮动着。

“是不是我做了什么破坏他心情的举动啊……”

看起来明日同学本人也完全不知道是怎么回事，只能无精打采地走了回来。

啊，难道说——

现在这个情况应该就是我必须要做点什么的时候了！就交给绘留奈吧！

在这种神秘责任感的驱动下——

“不是的！赤间同学他只是……对了！只是之前一直都在忍耐着那个啊！是突发的紧急事态啦！大家都懂的吧，那个啊那个！”

总之先试试随便说点什么混过去吧。

“那个，啊？啊！啊啊，原来如此！”

明日同学先是有些不明所以，过了一会儿好像突然想起了什么，脸都红了。他到底想到了什么呢？好想知道啊。

“那个的话倒是真的没办法了。毕竟我们这里还有女孩子在嘛……”

“呃？说，说的是，呢？”

总之我还是先附和了一下，可是明日同学到底是想到了什么啊？谜团越来越深了。

接下来，时雨和明日同学都对我说了几句鼓励的话，然后为了让我有时间集中精力，就一起离开了运动场。

还留在这里的，就只有我和毕咪了。拿出终端一看，马上就要到开始时间了。

呼，我呼出一口气。想一想，我根本没有什么作战计划。

这是决定我能不能正式加入回家部的重要的模拟战，而且对手还是我憧憬的女神。

这种情况下，不管我脑子里设想得多么完美，实际上也无法按照计划行动，只能是越想越混乱，最后把自己搞得一塌糊涂，这点自觉我还是有的。

“也只能走一步看一步了，对吧！”

而且老实说，比起不安和担心，反而是兴奋的感觉要强烈得多。我想要再一次感受，昨天对抗战战胜小冰见时体会到的那种感觉。

“托新闻部的福，这场模拟战在学校里已经引起了远高于平时的关注溜咿。因为平常几乎没有机会看到星锁战斗的场面，还有专门为了组织大家观看比赛录像，而暂停了今天活动的部门呢。”

越多人关注就越激动……虽然这种说法有点奇怪，很容易引起别人的误会，但我确实是那种观众越多就越会表现得热情洋溢的类型。

我觉得毕咪正是清楚我这个特点，才故意煽动我的。这也是毕咪在以自己的方式支持我吧？这么一想，倒让我觉得有点高兴呢。

因为会以视频的形式播放出去，所以必须要让全校的女生看到我英姿勃发的形象，我用这种方式给自己打气。

“唔！呼！咄！”

“绘留奈……你怎么了溜咿？怎么一下子这么有干劲，还摆出这么多杂技一样的姿势来。”

“这还用问吗！我是在练习获胜之后要用的胜利姿势啊！格斗游戏里面都有的吧？我也想要有那种效果！”

我一边夸张地乱吼乱叫，一边挑挑拣拣地尝试着各种姿势。

毕咪好像已经无话可说，打算就这么沉默地旁观下去。

“光是姿势还远远不够呢。啊，我还想干脆利落地说一句帅气的话呢！要想一句除了这种时候以外，根本就不好意思说的那种程度的话！”

“明知道不好意思还是要说吗溜咿……你的内心世界还真是难懂啊溜咿。”

就算你不理解也没关系的。可是，喜欢玩游戏的我一直希望能有机会这样做，这也是没办法的。

总之必须要练习一下，我先是深深吸了一口气，然后才大喊出来。当然，还配合着做出了完美的表情。

“现在宣判！被告犯下的战败重罪罪名成立，判处迷恋绘留奈之刑！不接受上诉哦！”

闪亮亮☆

就是这个了……我已经不经意间闭上双眼，开始享受这句话的余韵了。连声音都特意改变才说出的这句话，就算是毕咪肯定也会相当感动的。无须怀疑，对方一定会迷上我，进而主动履行这一刑罚，快乐地接受判决结果。

我这么想着，眯着眼睛偷偷瞥了毕咪一眼。

“呕……”

“为什么一副要吐的样子？”

实在是太没礼貌了，我想要的可不是这样的反应啊。啊，难道说它在意的其实是那个？毕咪这家伙还真是注重细节啊。

“这么说来，刚才的声音确实掌握得不是很好，那我重新再来一次好吗？”

歹势歹势！我用极度轻浮的态度摆出道歉的姿势，顺便确认毕咪是不是这个意思。

“根本就不是那个问题溜咿！声音什么的根本无所谓，其实在下完全就没注意你声音到底是怎样的好吗！”

那你到底是对什么地方不满啊！就在我想刨根问底的时候，突然发现好像有什么东西吸引了毕咪的注意，它的视线朝着一个方向看了过去。

大概就在同一时刻，我用终端设定的闹钟响了起来，提示着模拟战已经开始。这个瞬间，就连身边的空气都一下子就感觉不一样了。就好像天空……不，是整个世界的颜色都发生了变化，这是我的错觉吗。

“运动场与外部已经被架起的结界隔开了溜咿。从这一瞬间开始，留在战斗区域内的，就只有绘留奈和星锁，以及担任裁判的在下溜咿。”

看起来，星锁前辈好像是准准地卡在战斗马上就要开始的时间来到场内的。

“真好啊，真好啊！我也想这样呢！主角总是要晚一步飒爽登场！这种感觉真好啊！”

我不但没能晚点抵达现场，还为了练习动作和台词特意来得很早呢。好想把这段删除掉，想重新来一遍！如果有重启按钮的话，真想马上就给他按下去！

而星锁前辈完全不知道我内心的纠结，顶着一张懵懂的脸，或者说根本就是还没睡醒，连眼睛都没睁开，一看就知道是刚起床的脸，一边小小地打着哈欠，一边走了过来。

虽然离飒爽这个词语有着明显的距离，可是却也美得就像一幅画，让人忍不住要羡慕。

“美人真占便宜啊。如果说普通人是早起能有三分利的话，美人直接就能有上百万美元的好处呢。”

“生下来就是大富翁吗？而且为什么连货币的种类都变了啊溜咿？”

我舔了舔嘴唇，等着女神开口说话。一旦沉默下来，周围除了她的脚步声之外就是一片寂静。

清爽的风，温柔吹拂着头上的发丝。

结界张开之后风也还是吹得进来啊？我一边心不在焉地胡思乱想，一边慢慢调整着自己的状态。

要开玩笑，也就到刚才为止了。

“早上好。已经准备好了吗？”

“嘿嘿，如果是指要加入回家部的准备的话，我可是随时都可以的哦！星锁前辈！”

在终端里传来的最后二十秒声音提醒中，我笑容满面地回答着前辈的问题。

两个人之间的距离在缩短，我已经能听到女神挂在腰侧的终端里正在传出同样的提示音了。

“不是哦。”

“咦？”

星锁前辈用很明显还没睡醒的微弱声音，明确地否定了我的假设。

“——我是在问你，是否已经准备好落败了？”

浅浅的笑容，简直想要置我于死地的眼神。

星锁前辈这副表情以前从未见过，让我不经意间浑身都抖了起来。

现在我确信，如果自己因为这只是一场模拟战而掉以轻心的话，对方绝对可以瞬间就打破我的所有水晶。

我咕噜一声咽下一口唾液，重新集中精力。与此同时，终端里传出了宣布距离战斗开始还有五秒钟的语音提示。

“不好意思，不为失败做准备是我的原则！我要让观看这场战斗的所有人都大吃一惊！”

我先做了一个大胆的声明，然后就像要尽快离开这个现场一样向后方跳了出去。

与此同时，提示战斗开始的信号也响了起来。

“首先要观察对手的意图……”

我有自信，要比爆发力我是不会比对方差的。按照我的想法，只要保持高速四处游走，对方应该就没办法轻易捕捉到我的动向了吧，所以我绕着操场就跑了起来。

星锁前辈是怎样战斗的呢，她的能力又是什么呢。我没有任何情报，所以需要一些观察的时间。

就像我昨天切身感受过的，与到御神乐学园上学之前相比，身体的运动能力已经得到了飞跃式的提高。简直就像是字面意思的御风而行，这是我以前从来没有达到过的层次。

“那么，女神又是怎么行动的呢……哎?!”

我脚下不停，不假思索地回头又看了一眼。

“她还留在原地连一步都没有动过溜咿。”

勉勉强强还能听到担任裁判的毕咪的声音。不过他的语气里连一丝一毫惊讶的成分都没有。

看起来毕咪早就知道，星锁大概会采取什么样的行动。而且，仔细再仔细地看看，就会发现——

“这根本不只是站在原地不动吧，都快睡着了不是吗？不不，不是快睡着，根本就是已经睡着了吧！她的头还一点一点的，已经完全是在睡觉了啊！”

既然很困，当然就不会移动了嘛。虽然她是我憧憬的前辈，可是对方这个态度，也确实让我有点生气了。

“如果你是这样的话……”

这是星锁前辈的疏忽吧。我甚至不需要使用跟小冰见战斗的时候，一招定胜负的那种能力。直接赤手空拳去打破她的水晶吧！

我不假思索地一脚踏向地面，腾空而起向前急扑，动作带起的劲风吹得围巾上下翻飞。

基本上就只是一呼一吸的时间，我已经进入了能够攻击对方水晶的范围之内。一般来说这样的距离已经来不及反应了，我已经把力量集中到了自己的拳头上。

“第一次攻击，是我的了！”

呼——借着高速前冲的动能挥出的一拳，本来应该准确击中星锁前辈外侧第一颗水晶的……

“什么……”

完全没有击中的感觉，我的拳头在空气中一挥而过。

星锁前辈还是那副不知道到底是睡着了还是醒着的姿态，一动不动地站在那里。

我不认为她是主动避开了我的攻击。可是，事实就是我的攻击连水晶的边都没摸到。

“——哼！既然如此那就吃我这招吧！”

我一边围绕从战斗开始至今还一步都没有动过的前辈身边滴溜溜转圈，一边连续不断挥拳踢腿地开始攻击水晶。

我上初中的时候，也曾有过作为外援帮空手道部参加比赛的经历。已经不算门外汉的我，一拳一脚都是可以确实造成伤害的攻击。

本来确实应该如此——

“打不中！一下也打不中！”

脚下还是一动不动，仅凭着上半身的倾斜扭转配合水晶的移动就躲开了我的全部攻击。

不管是为求命中的细致擒拿，还是大开大阖的踢打。全都躲得一干二净，那副轻松样子，就好像我只是个来找茬的小孩子似的。

怎么会这样，思维的混乱让我渐渐焦躁起来，而焦躁让我露出了破绽。

我甚至没来得及发现自己的动作已经松散，就在我准备暂时退后冷静一下的时候——

啪嚓！

随着清脆的爆裂声，前辈一脸无聊的表情，轻轻松松就捏碎了一颗水晶。

“观看这场战斗的人真的会觉得吃惊吗？”

星锁前辈一边摊开手掌把闪闪发光的水晶碎片撒到地面，一边一脸无趣地喃喃低语。

“你实在是太弱了，对吧？”

她说后面这句话的时候，还呵呵笑着很是嘲讽的样子。

“呵呵，这么明显的挑衅，即使是绘留奈也不会轻易上钩的溜咿。”

“可恶！即使你是我的女神我也不能原谅你！”

“啊……还真是上钩上得很彻底啊溜咿。”

毕咪好像说了些什么，可是我已经开始冒火气，完全没听到它说的到底是什么。

既然这样，就只能用那个了。不过即使不是这样，其实从一开始我心里就明白的，除了使用那个能力，我没有别的选择。

星锁前辈没有看过我和小冰见的那张战斗。关于我的能力，虽然曾经口头上进行过说明，也不可能第一次就被她看穿我子弹那毫无规律的弹道。

我又舔了一次不知何时已经变得干巴巴的嘴唇，像昨天一样，开始在想象中把身体的能量集中到手指的指尖。

不过，现在这种情况我必须要命中。而为了尽可能提高命中的概率，我必须要因地制宜。

蹲下身子，顺势一跃高高跳起在空中。

虽然已经是下课之后，但是还散发着耀眼光辉的太阳，此刻却正在我的头顶。

“……原来如此啊？”

好像多少也觉得有点佩服我的样子，星锁前辈举起一只手遮着太阳，抬头看向天空。

“临时想到的小聪明也好什么也好，这是现在的我所能做到的极限了！”

我伸出食指摆出手枪的样子，瞄准直到现在都完全不准备离开所在位置的前辈射击。

“Tension MAX！去吧——！”

作为能力发动的证明，终端上也显现了“能力：玩具枪”的字样……接着——

“哎，哎呀？”

马上就消失不见了。

从指间射出的光能子弹，像有自我意识一样飞向星锁前辈的水晶，几个来回就把所有水晶都破坏殆尽——之类的事情并没有发生。

光弹以完全无法与昨天那一发比较的缓慢速度飞出，甚至都没打到水晶那么远的距离，就消失不见了。

“等一下！为什么没像昨天那样啊？再来一发！哈，哈！”

我又一次想象着把能量聚集在指尖。可是，这一次连光弹射出的迹象都没有了。

糟糕了！糟糕了啦！我要是就这么落回地面，那不是全完了吗！

我将会以毫无防备的状态掉落在前辈的头上。而且，我本来是想刚才那一击就能定胜负的。根本什么都没想就跳到了这个高过头的高度！

我能看到毕咪不忍直视地伸手捂住了脸。可能人越是在面临危机的时候反而越能够冷静下来吧。

“你没有其他要做的了吧？那么……”

星锁前辈懒洋洋的，说话的时候已经连看都不看我一眼了。

“难得有这个机会，就让你看看吧。我的能力……‘Killing Art’。”

就在她说出能力名称的那个瞬间，我有种感觉，就好像听到了大气震动的声音。

她发动这个能力的时候，好像没有使用任何道具。我一下子想起了新闻部的璐美奈同学曾经说过的话——

“你知道吗？目前为止，在这所御神乐学园里，不使用任何道具就发动能力这种出乎意料的情况，至今为止还是绝无仅有的。除了一个人……根本没有过其他先例哦？”

她说的那个人，就是女神……就是星锁前辈吗？

我的视野开始变暗了。啊，不对，这是我自己在眨眼？

时间的流逝变得异常缓慢。可是，在这短短的时间之内，却传来了我剩下的两颗水晶破碎的声音。

我连她使用的到底是什么样的能力都无法判断。

等到我的意识从混沌中恢复，就发现自己已经双膝跪倒在地上。

“辛苦你了。真是遗憾啊。”

星锁前辈还站在一开始的地方一步都没有移动，面无表情地低头看着我。

我的水晶全部变成了惨兮兮的碎片，直到这个时候才飘飘忽忽地从我头上飘了下来。

这样一来，我就失去了正式加入回家部的机会。

而且——

“这么说……我又没有部门了？”

对。我现在就是处在最糟糕的情况之下，转了一大圈又回到原点。

*

接下来发生的事情，我都记得不太清楚了。

总觉得后来星锁前辈好像也说了什么话来安慰我，从运动场离开的时候，时雨和明日同学也很担心我。

我从来都没想过，一向是有活力的代名词的我，竟然会受到如此巨大的打击以至于失落成这个样子。

昨天那个完全没有任何根据，却莫名对胜利充满了盲目自信的自己，现在想想还真是丢脸啊。

“唉……”

我浑浑噩噩地长叹了一口气。

什么胜利姿势的练习啊，什么战胜时的台词啊。刚才那段战斗的录像，已经被全校关注这场比赛的学生看到了。

“明天不想去上课了啦！不想从睡袋里出来了啦！”

不但没能实现搬到星锁前辈家里去住的梦想，而且还恢复了没有活动部门的状态，这样一来不就又得过上没有绩点的贫穷生活了吗。

为什么我今天早上要发愤图强去吃那么贵的早餐套餐啊？我真是个笨蛋，笨蛋笨蛋！

“绘留奈，打起精神来溜咿。星锁可是在整个学校都名列前茅的强者呢。能让她使用能力，就已经能够证明她认为绘留奈也很厉害了溜咿。”

我脱力地坐在距离举行模拟战的运动场不远处的一栋建筑物的阴影里。毕咪显得很担心我的样子，还特意等到时机比较合适了，才开口跟我说了这番话。

毕咪肯定知道事情一定会发展成这样吧。所以在战斗开始之前才什么都没有告诉我，就是怕我失去士气吧。

“唉……如果你的外表能更可爱一点，在学生中的受欢迎程度肯定不会像现在这么差。”

“在下不受欢迎吗溜咿？在下还是第一次听说！”

小动物外形的角色，一般来说都会在女孩子的圈子里得到各种簇拥和优待的。没获得这些关照的你，都不会觉得奇怪吗。

毕咪跑过来这么一闹，倒是让我沉重的心情得到了缓解。

我的校园生活毕竟也才刚刚开始，而且也必定还会在这所学校里持续下去。

因为打输了就跑掉，我可不是这种性格的人。从这里爬起来，一直奋斗到最后，并得到最终的胜利——这样才更帅吧？

这么一想，若是一定要输的话，还是现在就一下子输个痛快比较好，这样也正好符合我一向积极、正面的思考方式。

不过，我必须要面对的一个最重要的问题是，为什么在这场战斗中我没有取得胜利。

玩具枪——这好像就是我自己的能力的名字。我盯着被当作枪口使用的手指尖，开口问毕咪：

“为什么这次没能像和小冰见打的时候那样，顺利地发射出来呢？就像是没有能源了一样……”

对于我这个单纯的问题，毕咪也认真地思考了起来。

“在下能想到的可能性有几种溜咿。可能性最高的是……”

就在它话才说到半途时，不知道从哪里轻轻飞来了一盒纸盒装的饮料。

“呜哇！”

那盒饮料径直地朝着我的脸飞了过来，结果被我用空手入白刃的动作，算是有惊无险地接住了。

虽然看得出并不是为了打我的脸才扔过来的，我还是准备抱怨个两句，结果一看那个人的脸——

“哟，新生。你是躲在这里哭呢？嗯？”

“九头龙……前辈？”

美术部代表九头龙京摩前辈，嘴里正叼着一包和扔给我的一样的纸盒牛奶，还在滋溜滋溜地喝着。

“我也看了你刚才跟御神乐对战的视频。唉，新生就是这样的啦。”

他这样说看起来也不是要讽刺我，应该只是单纯地在发表自己的感想。

他看着我抓在手里的那盒牛奶，用眼神示意我快喝掉。

“我又不是新生……啊不是，虽然我确实是这所学校的新生，但我可是有着‘一宫绘留奈’这样一个很有历史渊源的名字呢！”

“……很有历史渊源吗溜咿？”

这个部分我只是随便说说而已希望你不要刨根问底。

“啊啊，真抱歉。因为我没记住你的名字嘛……绘留奈。这样可以了？”

九头龙前辈一副嫌麻烦的样子，很粗鲁地回了我一句。可是我总觉得他这副态度显得内心有些害羞的样子，会是我的错觉吗？

“绘留奈也好绘留留也可以随你喜欢怎么叫都行啊！啊，还有。”

“啊？”

他露出一副“你有完没完”的表情，好像很不耐烦的样子。不过这是很重要的事情，所以我一定要说出来——

“我不喝牛奶！所以能不能拜托你帮我换成其他饮料呢？我基本上是一个喜欢喝比较贵的饮料的生物！”

两只手摆出一个交叉的姿势，还一边眨着眼睛，一边嘿嘿地吐了吐舌头，尽可能地做出一副理所当然拒绝的姿态。

“在下都有点尊敬绘留奈了溜咿……到底是经历了怎样的人生，才能让你的心灵如此强大？在下对此深感兴趣溜咿。”

不知为何，毕咪好像突然一副很敬畏我的样子。

话说回来，要是勉强自己喝不喜欢的东西，不就和撒谎没有什么区别了吗？我觉得那是很失礼的！

如果以后再被对方发现我其实不喜欢喝牛奶，那不是很尴尬吗？对于是否诚实，我是有着自己的判断的。希望对方也能理解我的这份良苦用心的同时，还能再给我买点比较受女孩子欢迎的果汁来！

然而与我的想法相反的是，九头龙前辈的反应却是——

“绘留奈，你不喝我给你买的牛奶吗？啊？”

他生气了。毫无疑问，不论让谁来看都会得出他现在怒气冲天的结论。

毕咪一副和它无关的样子，还在那说着风凉话：“生气那也是理所当然溜咿。”

一定要说的话，它看起来好像还比较同情九头龙前辈呢。

“咦，我就是不能喝牛奶而已啊……并不是说九头龙前辈买的牛奶，味道就会不一样，对吧？”

以我目前的处境来说，除了据理力争也没有别的办法了。

不过对于我的这番话，九头龙前辈的反应已经超过愤怒，到了讶异的程度。他唰唰几步走到我身边，还没等我反应过来就伸手抢过那盒牛奶，自己喝了起来。

“我跟你说！牛奶这种饮料！营养非常丰富！对身体非常好！可恶！”

“虽然语气粗鲁，说出来的话倒是很有道理的溜咿……”

毕咪说得没错。九头龙前辈一口气喝光了那盒牛奶，又东张西望地在附近找到了一个垃圾箱，然后用跟刚才把牛奶扔给我的时候完全不同的力道，猛地把牛奶盒扔了进去。

九头龙前辈一眼看过去给人相当粗鲁的印象，却会找到垃圾箱之后才扔掉垃圾，本质上来看感觉应该是一个很好的人。

“……看什么看？”

“没有没有啦，只是觉得你好像相当喜欢喝牛奶啊。”

我笑着回答他，结果就听到他开始小声地嘀咕：“才不喜欢呢，只是因为喝牛奶会有精神才喝的啦……”

记得那次到美术部去问能不能进行入部体验，结果被毫不留情地赶走的时候，他好像也在犹豫要不要给我什么东西。

该不会那时候就想给我牛奶了吧……这个很有几分把握的预测，让我不禁得意地笑了起来。

原来那个时候，他就想让我打起精神来啊！这个人真是的！我开始用手肘不停地戳他。

“少得意忘形了，好烦啦。”

他在我头上啪地敲了一下。虽然动作很轻完全不痛不痒，我却叫着“饶了我吧！呀啊！”做出了相当夸张的反应。

结果，在看到我反应的那个瞬间，我觉得九头龙前辈应该是噗地一声笑了出来的。结果在我惊讶之余想再看个仔细的时候，他早已经又恢复了那副不耐烦的表情。

“你别想多了。我可不是特意来安慰你的，也不可能会特意跑来给你建议，这完全不符合我的性格。”

以他这么说的话，他应该是在看完视频之后偶然路过这里，发现我就跟我打了个招呼的样子。

倒也可能确实如此，毕竟沿着这条路再往前走，其实就是美术部的活动室。

不过，这条路距离自动贩卖机却有一段距离。即使发现我确实是偶然，他特意又走回去专门给我买牛奶这件事，却让我发自内心的高兴……虽然我不喝牛奶啦。

“九头龙前辈也看了刚才的比赛吧？你觉得我是输在了什么地方？”

我想起来刚才和毕咪也正在讨论这个话题，所以就想问问身为美术部代表的九头龙前辈有什么看法。

他可能会说很严厉的话吧？不过我现在想听到更多的建议，然后把这些都变成明天进步的养分。

看我突然这么认真地提问，他也在犹豫应该怎么说吧。九头龙前辈先是沉默了一下，然后才开了口。

“我先反问你一下好了——绘留奈，你觉得自己是为什么输了？”

“为什么……因为我的能力……没能顺利发动吧？”

我说话的时候又一次看着自己的手指尖。和星锁前辈的对战中，肉搏完全没有任何作用。而且我也应该用掉更多的时间，去考虑利用地形战斗的方法……我自己能想到的原因就有好几个了。

可是，最让我难以接受的，还是作为杀手锏的能力没能发动，战斗就结束了。

“说得也是。不过如果是我的话……不，其他人的看法应该都是一样的吧？你的能力没能发动是理所当然的。”

“在下刚才也正要说这件事溜咿。星锁和其他人不一样，不是一个等级的对手。而对于普通的学生来说，要想发动能力，是必须要有一件作为媒介的道具的溜咿。”

毕咪给九头龙前辈的话做了一番补充。

可是，在和小冰见打的那一场，我没使用道具也发动了能力啊！

大概是早就知道我会这样想，毕咪唰地一下卷起了尾巴，开始向我解释起来。

“一般来说，如果不使用道具的话，就连今天绘留奈做出的这种半吊子的能力发动，其实也是不可能的溜咿。你应该知道，能做到这一点本身就足够让人震惊了溜咿。”

九头龙前辈没有说话，但是也毫无表情地点头表示认同。

然后他用手抓了抓自己那头染成金色的头发，似乎想说“以下的内容恐怕会让你得意忘形，所以我本来并不想说”，然后开口道：

“也就是说，你小子的……绘留奈的能力现在还处于未完成的状态。如果有了道具不知道会完善成什么样子呢！反正我是想象不出来。”

说完，他又别过头，做出一副厌烦的样子，似乎有些后悔说出这番话。

“这样啊，还没完成吗？如果这个举世罕有的能力能够完成，那么我就能一统天下了！”

“根本没有人说过这种话溜咿……”

毕咪在一旁无力地吐着槽，我理所当然地无视了他，伸出拳头指向天空，作出一副势在必得的样子。

“你知道吧，自己的问题堆得简直有山那么高。难得有那么好的身体能力，却没有好好发挥出来。而你的能力，若是按照你跟书道部代表战斗时的情况看，虽然弹道一眼看去有些不规则，不过想要躲开还是很简单的。”

像要明确问题的严重性一样，九头龙前辈竹筒倒豆子似的把我的缺点说了一大堆。

不过，其实九头龙前辈想要说的是——

“也就是说，你现在的经验实在太少了。所以我觉得，九头龙同学是在绕着圈子夸你将来很有希望啦溜咿。”

“是那样的吧！就是那样的吧！”

本来我一直以为因为新生欢迎会上发生的那件事，九头龙前辈可能很讨厌我，所以他能给我这样的评价，更让我觉得非常感动。

“非常感谢您，九头龙前辈！从今天开始，我可以叫您老师吗？或者干脆就叫不良颜料少年——简称‘不颜’，你觉得可以吗？”

“怎么可能可以啊！你是想跟我打一架吗？就算我姓步，都不会同意你这么叫我的，知道吗？”

一不小心就习惯性地开了个玩笑，不过即使不叫他老师，我也确实是想向他请教的。

结果在我字斟句酌地对他表达了这个意思之后，他却不肯接下我这个麻烦，一副想要马上逃走的样子。

“真是的，这就是那个‘Hero Time’的二宫的表妹吗？我突然有点不相信了。”

“唔……是说我和时雨是亲戚的问题吗？这个嘛，其实就连我自己都不相信。”

如果让时雨听见我这么说，大概马上就会哭出来吧。他应该不在吧？我东张西望地四处看了看。

“啊，在特别自来熟这一点上，你们真是相像到让人讨厌的程度呢……再见咯。”

九头龙前辈留下这句话，就迈步朝美术部活动室的方向走去了。

走到一半，抬头看着天空好像突然想起了什么一样，又回过头到自动贩卖机那里去买了几盒牛奶。

“还真是爱喝啊溜咿……”

“你看啊，毕咪。他买了三盒呢。就算是担心自己长不高的初中生，也不会喝那么多牛奶啊。”

我一边做着偷偷在别人背后议论的事，一边看着与第一次见面留下的印象完全不同的九头龙前辈的背影离去。

*

在夕阳照耀下，我走过铺着石头地面的广场。

竖起耳朵仔细听，就能听到到处都有正在参加部门活动的学生发出的声音。

有开朗的声音，也有隐隐透着一丝疲劳的声音，但是每个声音都很充实。我能感觉得到他们每个人的声音里，都传达出一种爽朗的信息：我正在享受我的青春！

之所以会有这种感觉，都是因为我又重新回到了没有所属部门的状态，所以内心深处某个地方难免觉得嫉妒……

因为那个新闻部同学的报道，我的长相以我并不希望的方式公开了，像现在我只是走个路，都能感觉到有人在看我。

直到今天早上为止，我还很享受这种视线，可是在才败给星锁前辈的现在，这些视线就让人很难堪了。

“唉……接下来怎么办呢？”

说是这么说，回到宿舍还是只有睡袋在等着我。

如果现在就去直面那个现实，我实在没有自信能让自己依旧充满活力。

不知道是不是看不过去我这副样子，毕咪清了清嗓子，为了让周围的气氛活跃起来，还故意用一种比平时更活泼的语气开始说话。

“在下想起来了，模拟战结束之后，星锁说的那番话溜咿！不过，当时你整个人都一副茫茫然的样子，可能没有仔细去想吧溜咿……”

我开始回忆惨败之后发生的事情。

对了，虽然临时加入回家部的事情已经取消了，但是星锁前辈其实并没有冷淡地就此撇下我不管。

星锁前辈给我的，是继续前进的方向！

“虽然这样你又会变成没有所属部门了，可是距离被退学的倒数日期倒是可以重新计算了。不过，临时加入某个部门或者更换活动部门的次数，每年是限制在最多一次的，下一个加入的部门，就是你的容身之处了。”

“毕咪，虽然我觉得你应该是刻意在模仿女神说话的语调，但是能不能请你马上停止这样做？我现在还年轻，不想这么早就让自己的双手沾染违法犯罪的事情……”

我一边按住自己蠢蠢欲动的手腕，一边用压抑着的声音对毕咪发出了警告。

我觉得，在这个时刻，以毕咪为对象，我的能力肯定可以完美地发挥出来。

“是，是在下错了溜咿。我只是想缓和一下气氛，我可没有什么坏心眼啊溜咿……”

“差一点就要引发重大案件了知不知道？你是要缓和气氛吧？不是想要挨揍吧？”

怎么说呢，原来重要的东西被玷污就是这样的感觉啊……

虽然因为毕咪模仿的声音过于微妙，有些内容我没能听进脑子里去，不过星锁前辈应该是让我去找适合自己的活动，或者说是找到自己的容身之处。

也可以说，是让我去找到一条途径，然后向上攀登，直到能再一次站在那个能与她对战的地方。

我的心情渐渐雀跃起来。话说回来——

“我已经去那么多部门体验过了，结果都没找到合适的，接下来要怎么办才好呢？”

虽说还有那么多的部门没有去过，可是我完全不觉得那里面会有适合我的部门。

我在广场的一角看到长椅，就一屁股坐了上去。

古董风格的纯白长椅，被夕阳染上了绚丽的颜色，只看这片地方，就已经是一幅像画一样美丽的风景了。

“结果绘留奈一加入进去，这幅画一下子就变成搞笑漫画了溜咿。”

“你好烦啦！”

别人认真在思考问题的时候，你在搞什么啊？真是的！

就在我哼哼唧唧地发火的时候，毕咪用轻松的口吻，接着那个玩笑继续说道：

“如果实在找不到想要加入的部门，绘留奈就自己创办一个新的部门好了溜咿。要是你想创建部门的话，在下可以给你当顾问哦！”

不是强加给我的，也不是在向我施恩，只是用很轻松的语气这么说着。

结果这太过突然的发展，却让我什么反应也做不出来了。

“如你所知，御神乐学园是一所自由度相当高的学校溜咿。只要能挨上文化类部门的边，不管是内容多么创新的活动部门，基本上都是能够获得批准的溜咿。”

接着，毕咪又厚脸皮地说：“不知道绘留奈会创建一个什么样的部门，在下想要跟在你身边好好见识一下溜咿。”

因为从一开始，创建新部门这个选项就完全不在我的考虑之中，所以我并没有什么想法。可是——

“自己想出来的，理想中的部门，吗……”

这件事情，真是让人越想就越觉得兴奋起来了！

在新生欢迎会上，我见到过那些强势部门的代表们，如果我创建的部门也能跻身于他们之中的话……

而且，这么做的话，还能作为代表堂堂正正地跟他们一决胜负。那样的每一天，怎么想都会很刺激吧？

我的梦越做越大了。

不知道毕咪是不是也想到了和我一样的事情，它只是一直微笑着在旁边看我。

“抱歉，我原来一直觉得你的笑容有点恶心。可是今天的毕咪，很帅气哦！”

“你以前都是那样认为的吗溜咿！”

我们笑闹了一会儿后，开始讨论今后的问题。虽然我还没说肯定要创建新部门，但是在如此有魅力的提案面前，能选择的答案也就只有一个了。

“要想创建部门，最少要三个人……是吧？现在才要开始找人，实际上任务还是很艰巨的。”

新生进入学校之后，已经过去了不少的时间。我记得在我跑到各个部门去体验的过程中，基本上也没碰到过几次跟我有相同遭遇的同学。

“而且，绘留奈刚刚才在众目睽睽的情况下输掉了一场模拟战呢溜咿。”

“嗯，不知道有没有那种奇怪的小孩，想加入很弱的人创建的部门啊……”

部门在对抗战中表现得强大与否，是关系到所有部门成员能得到多少绩点的重中之重。无论是谁，都不可能积极地加入弱小的部门。

可是，正因为如此——

“难度越高，就让人越是想去尝试一下呢！”

不知道是不是因为找到了接下来的明确目标，我的干劲一下子就涌上来了。

我脑子发热地站到了长椅上面，结果被身为教师的毕咪批评了一通。

太阳落山，宣告一天的时光到此结束，与之相反的，这让我心中充满了一个预感——一个不会因时间流逝而褪色的故事，即将在这里展开！

“想找机会对有可能加入的人进行游说的话，正好最近有个很适合的活动呢溜咿。”

毕咪很开心地介绍给我的，是名为新人战的淘汰制比赛。这是一场只要是新生就有义务要参加的比赛，即使没有所属部门也没有影响。

同时，这也是要决定今年的新生中谁最强的一场赛事。

优胜者会顺理成章地出自初中部升上来的学生中间吗？又或者在目前尚未崭露头角的外校考生中，还有人隐藏着未知的能力呢。

甚至可以说，这场比赛的结果，有可能影响御神乐学园今后学生势力的分布，是一场很重要的比赛。

“如果我在这次比赛中取得好成绩，就有可能在获得大家瞩目的同时，吸引人来加入我们的部门吧？”

“就是这么回事溜咿！”

这种话题，我简直是越听越觉得热血沸腾啊。

取得好成绩什么的，这种温吞的目标有什么意思。

我的目标，唯有冠军！

我要获得所有场次的胜利，大张旗鼓地让整个御神乐学园都知道我要创建新部门了！

唔哇！

两个被夕阳拉长的身影并排吼叫着。

虽然现在还只有两个身影，但是我们一定会有更多了不起的同伴的，在这漫长一天的最后，我重重地下定了决心。

“我就创建一个最好的部门给你们看！”

“溜咿！”

毕咪那并不怎么能让人鼓起干劲的叫声，引得我俩相视而笑。

嗯，一定会很有趣的！

绝对不会错的！

第三乐章 轻快乐翻天

“又输了！真是的，连一颗水晶都没打破啊？就连让我碰一下都不行吗？”

“嘿嘿嘿！再打几次冰见都不会输的！话说回来，绘留奈，你不要总是趁乱在我身上乱摸了好吗！”

要想在新人战中打出好成绩，到底应该怎么做？

和毕咪彻夜长谈得出的结论——这其实是美化之后的说法，是假的，是为了让自己看起来很努力而转移重点说出的一个弥天大谎。

事实上，我们只用了几秒钟就已经得出结论:不用那么紧张，就先随便积累一点实战经验好了。就是这么一回事。

只是，用游戏来打比方的话，现在我应该是处在拿下水道里的史莱姆练手的初始阶段。结果，在模拟战里给我当对手的人，用游戏里的怪物来比喻的话，就是恶龙级别的。

一下子就让我打恶龙，也太破格了吧？

“哪怕一点点也好啊，就不能用可爱一点的怪物来打比方吗？说到底，就不应该用怪物来打比方才对。”

“抱歉，冰见恶龙！我道歉，请你不要喷火！”

“人家才不会喷火呢！”

这个怒气冲冲反驳我的人，正是书道部的代表八坂冰见。

她今天是来帮我练习，做我的对手的。

因为以前曾经打赢她一次，模拟练习开始的时候，我还一心以为大概我们可以势均力敌打个平手，结果我完全不是她的对手。

几场比试袭来，她的水晶我连一颗都没有打破过。

“哎呀，幸好之前换了衣服。出了好多汗呢！黏答答的呢！”

“黏答答！”

小冰见好像很喜欢这个词的发音，一直重复着这一个词，咿咿呀呀地吵闹着。

这么看来，之前听了毕咪的话，换上运动服好像确实是个明智之举。

“咦，校服不行吗？毕咪，难道你是那种喜欢运动服的人吗？你这个爱好，我觉得最好还是不要告诉别人比较好哦。”

“在下才没有那种特别的爱好呢溜咿！你看小冰见都相信了，你看她已经开始用那种看变态的眼神看在下了，希望你以后不要再用这种会引起误会的表达方式了溜咿！”

当时我是在这样一番对话之中，半信半疑地换上了运动服的。只是，现在的我确实是一身大汗，而小冰见那边却好像什么都没发生过，身上一滴汗也没有，脸上也一派清凉的样子。

“这就是你们两个之间真实的实力差距溜咿。即使潜在的运动能力存在着等级上的差别，你却还没能好好地把它发挥出来溜咿。”

我们所在的是一间用空教室挪用成的练习房，是专为模拟战设计的。我们借了这间教室开始练习，也已经过去好几个小时了。

我全身瘫软地倚在一侧的墙壁上，毕咪就像在讲课一样继续说着。

“在御神乐学园的教学计划之中，是不存在‘对抗战战斗法’这门课程的溜咿。所以，大家都是接受各个部门前辈的教导，通过积累实战经验来学习的溜咿。”

对于没有所属部门，又是从高中开始才刚刚考进御神乐学园的我来说，这相当不利。

虽然今天是叫了小冰见过来陪我打模拟战，可是她也有身为书道部代表的立场，也就不可能每天都像这样来陪我。

刚开始的时候，练习房朝向走廊的窗外还站着几个来观摩的书道部成员，现在也已经没有人了。

大概他们本来是想看看，能得到小冰见单独指导的新生是什么样的人。而这个结果却让他们很失望吧？

我已经陷入了负面情绪之中。

“那么，再这么练下去可要过犹不及了，休息一会儿吧。趁绘留奈要换衣服的间隙，来给你占卜一下！”

小冰见唰地挥舞了一下那杆大笔，宣布了她的决定。

“是要我去冲个澡换上校服吧？好的好的……咦，占卜？”

所谓的占卜，就是那种占卜吗？是早上打开电视就会听到一个开朗的女主播告诉你，今天的幸运物品是撬棍类物品的那种占卜吗？是如果问了妈妈，咱们家里有没有撬棍之类的东西，就会马上被送去医院的那种占卜吗？

虽然我记得那好像确实是叫作星座占卜什么的，但是如果跟我同一个星座的人每人出门都拿着撬棍的话，不就是恐怖片了吗？就算是世纪末也不过如此吧。

虽然从那次之后我就不太相信占卜了，但是我怎么说也是个女孩子。一听到说要占卜就很感兴趣。

“是‘卜中了是周易，卜不中也飘逸’呢。”

她一边用鼻子哼哼着调子说着一些完全听不懂是什么的好像是格言一样的内容，一边很有书道部风格地拿出了墨。

小冰见手脚麻利地做起了准备，看起来她好像要直接使用那杆作为武器的大笔。

“小冰见的占卜是以完全不准而闻名全校的溜咿！所以绘留奈你可以放轻松，让她给你随便算就好了溜咿。”

“毕咪，你声音太大了！你看小冰见已经被你说得都开始消沉了！”

小冰见一边做着占卜的准备，一边一脸世界已经终结了的表情，真是太让人心疼了。

毕咪不会察言观色的程度，估计已经可以算得上是一种才能了吧……

“那，那我想让你帮我算算恋爱运！拜托了！”

我打开练习房的门，一个人向淋浴室走去。

房间中充满着难以挽救的沉重气氛，毕咪用求救的眼神看着我，好像还说了些什么，但是我才不管呢。你就给我留在那里反省吧！

“呼，好痛快啊！”

我换好校服从淋浴室回来的时候，练习房里已经呈现出一个过于悲惨的场面，悲惨到简直让人怀疑自己眼睛。

老实说，如果可以的话，我真想装作什么也没看见就这么跑掉的。可是，却不能那么做。

“我回来了。那个……我不在的时候到底发生了什么？”

毕咪的整张脸上写着巨大的“反省”，一动也不动地跪坐在那里。

这是……下跪吧？

一旁的小冰见脸颊鼓鼓的，气哼哼地不看它。

虽然毕咪本身是作为一个好像惩罚游戏的产物一样的生物诞生于世间，但毕竟也是一个成年人，是个老师。

可是现在却在下跪。我觉得自己好像看见了不应该看的东西，不过转念一想，也许以后能用得上，就沉默着将这一幕拍了个照。

“拒绝拍照溜咿！”

毕咪发出了惨叫，却在小冰见的瞪视之下马上又闭上了嘴。

“呵呵，哪有啦！开玩笑的啦！怎么会因为这点小事就生气嘛！”

小冰见原地滴溜溜地转了一圈，又露出了笑容。

“是，是那样的话就好溜咿。”

如果是开玩笑的，在下脸上的“反省”两个字怎么好像是用的很难擦掉的墨写的啊溜咿……毕咪一边用几乎听不到的声音轻轻地说着，一边拼命想摆出亲切的笑容，却有点做作了。

在毕咪手忙脚乱拼命想要擦掉脸上的字的时候，小冰见就好像从来没有过任何情绪波动一样，认真开始占卜起来。

“小绘留奈是要看恋爱运，对吧。稍等一会儿哦。马上就有结果了！嚯……来咯！”

小冰见在地上铺了一张特别大的宣纸，一边思考着，一边举起大笔蘸饱了墨。紧接着，又突然唱起了歌。

“因为青椒♪好讨厌啊♪就把它们全都送人吧♪对身体好什么的♪那种事情根本不知道♪”

一边哼着歌，一边唰啦唰啦地流利地运笔。

“虽，虽然说字确实写得不错，但这首歌到底和占卜有着什么样的密切关系呢？”

小冰见似乎完全不准备回答我的问题，只是好像很满足似的继续忙她自己的活。

整个就是一种谜底永远都不会解开的氛围。

而且诸如我的出生年月日啦，星座或者血型啦，这些占卜所必须的信息，她直到最后都没有问过我。

虽然完全不清楚她到底是以什么为根据在进行占卜，但是小冰见实在是可爱，所以都无所谓了！

对于我来说，“可爱”是可以成为屏蔽掉大多数问题的有力理由。

“这个……是写的什么啊溜咿？”

毕咪好像终于把脸上的字擦掉了，飞过来很感兴趣地问着。

“我来看看，是……”

尝试着把纸上写着的字读了出来。

“给小冰见吃好吃的点心吧。最好每天都给。这样做的话，就会遇到合适的人了。”

这与其说是占卜，还不如说就是小冰见的愿望而已吧？还有，为什么很多字都写到宣纸外面去了？是不会控制笔吗？失控了吗？

结果我抬头一看，小冰见很得意地两只手都比着胜利的姿势。不，我这几句话完全不是在夸你……

“真，真是谢谢你了……”

总之还是先道个谢好了，我决定尽快把话题从占卜上转移开来。

“不用客气哦！啊，这幅字就送给你了，你裱起来做装饰也可以哦。”

虽然小冰见说这话的时候露出了满面的笑容，实际上如果不裱上挂起来她是会生气的吧？如果扔掉还会被她诅咒的吧？

“太好了，你们还没走！”

正在我忐忑不安地把那张写着占卜辞的纸卷成筒准备带走的时候，门口传来有节制的敲门声，一位少年走进了练习房。

那是一个留着一头蓝色头发的、梦幻般的美少年。他和我一样都是新生，在新闻部那篇充满矛盾性的“最想他成为自己妹妹的男学生”榜上，获得了压倒性的高票数，相当有女人味。

“明日同学，找我们有事吗？”

他就是天文部的一年级部员，射水明日，现在整个人看起来好像相当焦急的样子。他先是把那台沉重的天文望远镜放下喘了一口气，才很慌张地开口说话。

“我有个加入了书道部的同学跟我说，绘留奈同学你正在练习房这边努力练习！虽然我的能力可能还帮不上什么忙，但是也许能作为对手帮你练习，所以我就来了！”

看起来他可能是在什么地方碰到了那群刚才在这里围观的书道部成员，然后就特意赶过来了。

唔……这个世界上竟然有像他这样的好孩子啊。神啊，这孩子如果将来会遇到什么不幸的话，就请你将那些不幸都转嫁到毕咪的身上吧！

“绘留奈，你刚才是不是说了什么？”

“没有啊，只是说如果毕咪能得到幸福就好了。就只是这样啦。”

因为毕咪的直觉莫名地敏锐，所以必须得多加小心才行。

而且，因为今天的练习对象是小冰见，所以我现在正想找个实力与我更接近一些的人来试试看。

如果是跟我同龄的明日同学，大概可以你来我往地过上几招吧？再怎么说，他看起来也绝对强不到哪里去嘛。虽然我已经把运动服换回了校服，但是说不定根本没出什么汗就赢了呢。

“好的，那就麻烦你跟我打一场吧？毕咪，要请你再做一次裁判！”

我一边做着准备动作，一边操作终端启动了练习房的系统。

小冰见留下一句“你们两个都要加油”后，就走到走廊里准备观战，我还行有余力地跟她挥了挥手，然后便转过身，等着倒数计时的开始。

“还请多多指教！”

明日同学很有礼貌地低头行了个礼，我轻率地回答：

“嗯，我一开始就会全力以赴哦！你可要跟上我哦！”

倒数结束之后，战斗就开始了。

首先利用自己的速度考察一下对方的实力，就在我脑子里刚冒出这个草率的作战计划之后没多久。

“哦？”

就看到明日同学拿出他的天文望远镜，将它像个炮台一样摆了起来。

“我攻击了！‘Shooting Star’！”

——总之，我就直接说结果吧。这一次攻击，直接决定了这场模拟战的胜负。

“非常抱歉，非常抱歉！我不是有意这样的！”

明日同学拼命地对呈大字形倒在地上的我道着歉。

“没关系的……这都是因为我实在是太弱了，并不是明日同学你的错……呵呵……”

我自嘲地笑着，明日同学微微颤抖着低下头缩成了一小团。

“根本没想到一击就结束了啊。竟然这么痛快……啊，不是的，对不起！”

明日同学那完全没有恶意的评价，就像一套连击一样不断刺在我的胸口。

根本没想到我竟然在对方一次攻击中就被击败了啊！那不根本就只是一个靶子而已吗！都称不上是一场比赛啊！

“因为原来在初中部的时候，小明日的能力就一直是一招必杀嘛，这也是没办法的。”

我的头枕在返回练习房的小冰见的膝盖上，她一下一下地摸着我的头发，总算是让我的情绪稳定了下来。

明日同学看起来好像很不适应小冰见对他的评价，一副很惶恐的样子，还在持续不断地对我道歉。这下事情越来越不好收场了。

“作为新手的练习对象来说，这两个人都太强了溜咿……

可是，通过这样的失败，也可以学到很多东西……”

“没学到啊！一下子就输了，只学到了‘绝望’这个词的意思而已！”

我已经失去了全部的底气，连毕咪拼命想到的安慰之词也咬住不放。

最重要的是，也很对不起好不容易挤出时间来陪我练习的这两个人，都是我太没用了。

照这样下去，想要创建自己的部门什么的，根本就是白日做梦嘛……

想要成长。我用力咬着自己的嘴唇，强烈地盼望着。

我不想再遇到像今天这样的情况了。

而且我也不想再让别人看到，我像今天这样消沉，不想让别人再为我担心了。

来吧。我在心中对自己加油，然后转头就把脸埋进了小冰见的大腿上。

“啊！这就是天堂啊！只要打输了，就能到这么了不起的地方来吗？这就是所谓的虽败犹荣吗？这样我就可以说是人生赢家了！不不，即使说是人生赢家美少女，也不算是言过其实了吧！”

我脸上浮现着恍惚的表情尽情呼喊着。

我话才说了一半，周围的气氛就已经缓和了下来。小冰见一边叫着不要，一边想要跑开，不过也松了一口气的样子。

“以绘留奈的性格来看，不管是遇到什么事情，都能为自己找到人生价值溜咿……”

明日同学还是有些惶恐的样子，不过缓和下来的气氛让他也放下心来。

他特意跑到这里来，单纯只是为了做我的练习对手。决不能让这样的好孩子露出那么伤心的表情！

而且，小冰见的膝盖简直是国宝等级般舒适。

我觉得国家有义务对这双滑溜溜又有弹性的柔软美腿进行彻底研究，在充分分析的基础上开发出完全再现这种触感的枕头。而且，实行这项计划的时候，请一定要让我来全权履行实物分析官这一职责。如果是这种只需要枕在膝盖上就可以完成的工作，即使是将来绝对不想工作的我，就算会一觉睡到下午，然后再玩游戏玩到晚上，最后早早上床睡过去，也能努力完成呢。

可能是我这冒着粉红色气泡的绮念被小冰见察觉到了吧，她叫着:“好重啊！快起来吧！”然后强制性夺走了我的大腿枕。

“啊啊！我的大腿枕！还给我！还给我！”

“小冰见大腿的所有权，到底是什么时候归绘留奈所有的溜咿……”

练习房里，我们吵吵闹闹地继续着完全莫名其妙的话题。到头来，用在模拟战上的练习时间，远远不及玩闹所浪费的时间多，我觉得这也是一个很大的问题。

可是，因为对手太强，或者说，大概也就是因为我实在太弱了，一下子就分出了胜负，所以某种意义上来说这也是无可奈何的事。

反正也已经换完了衣服，今天差不多就这样了吧。比起自己亲身实践，我也开始想要看别人的战斗来学习一下了。

“我竟然有了想要学习的想法！我就是上进心的集合体吧？毕咪，从今以后请称呼我为上进心小姐！”

“唔……真的要这么叫你吗溜咿？”

“对不起，完全不想要。”

看起来仅凭着一时冲动就决定事情不是个好习惯呢。如果我的昵称真的变成这样，总觉得将来的自己一定会痛骂现在的自己吧。

“哦，在这里啊。小冰见，你是不是忘了，今天有个会议，要求各部门的部长和代表都要出席的。”

一边说话一边走进练习房的是赤间同学。戏剧部的成员们也跟在他身后。

“哇啊！是有的啊，有的呢！完全忘在脑后了！”

小冰见慌慌张张地打开终端开始确认行程表。

“算了，会议在刚才就已经结束了。反正也没什么重要内容。只是因为没看到小冰见所以才想来联络一下而已，你刚才在打模拟战？”

“嗯，在陪绘留奈做练习呢。唉，又犯错误了。”

虽然小冰见看起来是无忧无虑的性格，但实际上责任感挺强的。证据就是，她现在整个人都沮丧起来了。

现在从练习房朝向走廊的窗外走过的，应该就是各部门的部长和代表了吧。他们并没有聚在一起，而是三三两两地走着。

里面有很多在我去体验的时候接待过我的人，这些人像现在这样凑在一起，该说是很有压迫感吗，反正是很壮观的。

“对啊，今天是有一个讨论新人战的联合会议的溜咿。”

按照毕咪的说明，新人战是一场所有新生都要出席的大规模淘汰赛，所以只靠老师来担任裁判是不够的，大概就需要从各部门抽调一些人手担任一部分比赛的辅助裁判。

看起来这个会议就是为了确定人选吧。

“那么，你们是为了帮小一宫练习才聚在这里的？连明日都在，真没想到啊。练得怎么样？被打得落花流水了吗？”

“连落花流水都谈不上！从‘应该怎么打才是对的’开始，就已经完全迷失方向了！”

赤间同学笑呵呵地说着话，我却很在意他直接称呼明日同学的名字这一点。他们两个原来认识吗？

要是那样的话，为什么明日同学无所事事地低着头，赤间同学却连看都没有看他一眼呢。

气氛莫名其妙地紧张起来，我一边想，一边观察着戏剧部的成员们，结果发现他们有的人露出了困惑的笑容，也有人一副事不关己的姿态。

就在我犹豫着要不要偷偷打听一下是否有人知道内幕的时候，赤间同学带着与平时没有不同的笑脸先开口了：

"——我帮你报仇吧？跟这个家伙打一场，怎么样？"

他靠近吃惊的明日同学，好像真的很快乐似的。

"咦……咦？"

明日同学一副随时都会哭出来的样子，战战兢兢的，一副不明白到底发生了什么事情的样子。

"哈哈，报仇什么的是开玩笑的啦！你要是把玩笑当真了，我也觉得很尴尬啊。话说回来，小一宫如果是不知道怎么战斗才好的话，看一下别人的战斗做参考可能是最快的办法呢。所以啦，你们看，我和明日来打一场练习赛不是正好吗？"

原来如此，赤间同学的这个说法我倒是可以接受。

刚才我还想着要看看别人的比赛来学习一下，没想到这么快就有机会了。所谓的心想事成恐怕就是指这种情况了吧。

"如果明日同学也同意的话，我倒是挺想看看的呢！我也很想见识一下戏剧部代表的实力，而且明日同学那么强，说不定能打赢呢！"

其实说起来，我没怎么看过其他人的战斗呢。

在新生欢迎会上看的表演大概就是唯一一次了吧。那时候虽然看是看了，其实却连他们到底在做什么都不知道。

其他人想破坏别人的水晶的时候，会怎么做呢？只是在脑子里想一想，就已经兴奋起来了。

“唔……如果不介意我来做对手的话，我没意见。虽然我不觉得自己有能力和前辈战斗……但是，我会抱着讨教的心情尽全力战斗的！”

“嗯，那就来吧。明日虽然只上一年级，不过我记得已经是天文部的候补代表了吧？你看，各部门的领导们也对你很感兴趣呢。”

赤间同学像变魔术一样，用凭空抓出的一把镰刀，朝着走廊的方向一指。看起来这把镰刀应该就是赤间同学的道具了。

而在他指着的方向，各部门的部长和代表们正站在窗外，好像很感兴趣似的围观着。

小冰见大概是因为缺席会议而对大家感到抱歉吧，匆忙从练习房里跑了出去。剩下的，就是作为裁判的毕咪了，

“老师，这次我们不需要裁判了。就像做游戏一样，随便来一场而已。”

赤间同学用轻松的语调赶着毕咪和我一起离开。

“倒是没有规定，练习赛的时候一定要有裁判旁观溜咿……只不过，你们一定要小心，不要做出危险的举动溜咿！”

毕咪一脸严肃认真，像个老师一样叮嘱着。

“那么，绘留奈也把东西收好先出去吧溜咿。”

“唔，嗯！那你们两个加油吧！明日同学，就用刚才打我那招，打个天翻地覆吧！”

赤间同学笑着看我拎起书包走出了练习房，而明日同学则

一脸困惑的表情目送我们，大概是因为我的那句打个天翻地覆让他很为难吧。

走廊里，站在窗前准备留下看比赛的人，和没什么兴趣准备离开的人正挤成一团。

我一边挥手和见过的人打招呼，一边站在戏剧部的那群人旁边，以便一会儿观看比赛。

虽然和这群人已经见过几次了，却不怎么知道他们的名字，这时候才想起来，以前互相都是通过赤间同学进行交流的。

戏剧部的人还真是每个人都穿得很有个性啊，正在我一眼一眼不停地看他们的时候——

“开始倒数了。马上就开始了溜咿！”

毕咪告诉我练习赛已经开始了。

小冰见按下了房门旁边的一个按钮，练习房里面的声音就通过扩音器传了出来。

这样一来，通过这个装置，走廊里的我们也能听到房间内战斗的声音了。

“我说啊，能不能在小冰见的房间外面也装一个这样的按钮啊？那样的话，我就可以马上把我的睡袋搬到她门口去！每天就听着小冰见的梦话生活！可以一边享受着小冰见呼吸的声音，一边安睡！”

“冰见才不说梦话呢！也不呼吸！”

“在下觉得应该还是要呼吸的溜咿……不然会死的溜咿。”

在他们胡扯的时候，练习房里只有从终端发出的倒数的声音传出来，里面的两个人好像并没有对话。

赤间同学脸上带着目中无人的微笑，明日同学一边做着深呼吸，一边认真地等待着战斗开始。

不知道为什么，比起自己亲身上场，反而是看着朋友比赛的时候让人觉得更加紧张呢。

胸口的心脏跳得都能听到声音了。两个人都要加油哦！都不要受伤哦！就连我自己都不知道，为什么自己会从监护人的角度，带着保护欲去看待他们。

倒数到了零，比赛开始了。

首先双方应该会试探一下对方吧，正在我这么想的时候，却马上就有了动静。

“——‘Shooting Star’！一定要击中！”

“——明日同学马上就展开攻击了！”

就像和我的练习赛一样，一开始就发动了自己的能力。从天文望远镜里发射出来的星光炮弹，就像一颗巨大的流星，随着身边小星星的不断扩散，沿着弹道朝着对手飞去。

刚才让我连这样仔细观察的时间都没有的一击，速度也相当惊人。

在对方还没出手的时候掌握先机，给对方一个下马威，可能就是明日同学战斗时候的固定打法吧。

“喵……这样一来搞不好很快就结束了呢。”

喵美琳前辈的话没有特定的倾听对象，好像自言自语似的。

很快结束，是什么意思呢？是说会像我上次一样被击中就结束了吗？还是说……

虽然我绞尽脑汁思考，但是因为实在没有多少脑汁，所以也没想出什么结果。

只是，我没想到在我思考浪费的这一点点时间里，战斗竟然真的像她推测的那样结束了。

就在光之炮弹马上就要击中赤间同学的那个瞬间——

赤间同学脸上的微笑就像从未存在过一样消失了，换上了一个挑衅的冷酷表情：

“我说，明日。我觉得还是应该跟你确认一下啦。”

他一边说话，一边间不容发地华丽平移躲开了那枚炮弹，然后直接后翻落地，保持着落地时下蹲的姿势接着说道：

“你不会以为刚才这发炮弹就能打破我的水晶了吧？哈哈，你这发炮弹难不成是想要让外面这么多观战的人都失望才发射的吗？”

“咦？”

明日同学好像一下子没有反应过来赤间同学是在说什么，所以也没有回答。

赤间同学则低着头，根本看不到脸上是什么表情。

只是，他现在与平时那个所有人都喜欢的、总是被部门成员们围绕着的赤间同学截然不同。

“刚才这一击就已经足够了。我基本上明白了。而且我也没有欺负人的兴趣。虽然这可能不是小一宫想看到的场面……还是结束吧？”

他透过窗户朝这边看了一眼，露出一个笑容。那是一个让人直起鸡皮疙瘩的、毫无感情的笑容。

正在我这么想的时候，房间里的赤间同学，突然“消失”了。

“咦？发生什么了？”

我拼命地揉着眼睛，仔细地打量着练习房里面。

明日同学好像也跟丢了赤间同学的踪迹，拼命地左右转头努力寻找着。

“——真快。在后面溜咿！”

听了毕咪的喊叫声，我的视线才终于捕捉到了赤间同学。

然而，这时候已经——

“嗯，坚持了几秒呢。应该说以一年级新生来说，你表现得算不错吗？”

明日同学的水晶，同时被破坏掉了。

赤间同学原地转身，对一筹莫展的后辈嗤之以鼻。

明日同学好像完全不知道发生了什么事，只能一脸铁青地看着水晶的碎片纷纷扬扬地落下。

站在练习房窗外观看的人，有些念叨着“这是理所当然的”，就兴味索然地走开了，也有人露出一副很失望的表情，总之什么样的反应都有。

戏剧部那群人的态度倒是一直没变，好像一开始就知道会是这样的结果。

两个人的终端里都传来比赛结束的声音，与此同时，练习房的门锁也咔嚓一声自动打开了。

“总，总之！我先去跟他们两个人道个辛苦吧！”

我跟小冰见和毕咪说完，就伸手去开练习房的门。

虽然刚才看过的这场比赛极具冲击力，我还不知道应该怎么消化理解，但是他们两个人确实是为了帮我学习才打了这一场的。

不管怎样，不感谢他们是不行的吧。

我手上不自觉地用力，好像要调整自己的心情一样。

我本来还以为，进入练习房，会感受到那种被杀伐之气包围的感觉。

“哟，还站得起来吗？还是个新生竟然就能用出这么强大的能力了，难怪天文部的前辈们那么期待你的表现。我也很期待新人战呢。”

战斗刚一结束，赤间同学又像变了个人一样，恢复到了开朗活泼的性格，还向跌坐在地上的明日同学伸出了手，准备拉他一把。

不过要说他是变了一个人，不如说只是恢复成了原本的那个赤间同学了吧。这个反差可是相当大的。

“非，非常感谢！很抱歉我没有能够与您一战的能力……”

明日同学抓住赤间同学伸出的手，在他的帮助下站了起来。明日同学脸上那么红，应该是为自己如此轻易就输给了对方而不好意思吧。一般来说应该是这样考虑，但是我的理解却稍微有些不同。

“咦，你们这是怎么回事！这不是挺萌的吗！简直都能出好几本那种男生之间的小本子了嘛！”

“是绘留奈你来画吗溜咿？”

我不会画，但可以想办法把时雨骗来替我画。

嗯，应该可以。

“这就是一句玩笑话嘛！可是啊，你们这样，这种互相欣赏的感觉还真是很有青春气息啊！很好很好！赤间同学，你要更加攻一些！明日同学，你就继续受下去！放马过来吧！”

我眼睛里闪耀着光辉，一个人越说越兴奋。小冰见一边吃着不知道从哪里带过来的点心，一边发表感想：

“绘留奈现在说的话冰见完全听不懂呢。”

她嘴里不停地嚼着食物，一脸莫名其妙的表情。

小冰见还是不懂比较好，这已经是另一边的新世界的事情了，你不应该打开这道门。

“可是哦，真是吓了我一跳啊！战斗一开始，赤间同学整个人的感觉就完全变了呢！让人觉得连朋友都做不成了！”

比赛刚刚结束，各种角度来说这两个人都还挺火热的，我指手画脚地凑过去就开始说。

“你这个比喻也太过分了吧！虽然是练习，但这也是战斗吧？你看嘛，我的道具又是镰刀，所以比赛的时候当然也要表现得与武器相称吧。”

原来如此，所以才会有那么巨大的变化啊。我欣然接受了他的解释。如果他每次都是这样，戏剧部的成员们当然也就不会因此大惊小怪了。

只不过……如果说那都是演技，却又让人觉得好像有哪里不对。

“原来是这样的啊！我完全没发现原来是被骗了呢！”

明日同学好像终于揭开了谜底，放心地笑了起来。

虽然我觉得这个解释也算是说得过去，但是明日同学明白刚才的一切只是赤间同学的演技之后，竟然就大度地不放在心上了，这份胸怀倒是值得我学习。

戏剧部的人也陆续走进了练习房，不过只有猫前辈……只有喵美琳前辈一副很困的样子，不如说她基本上已经是睡着了。

“喵美琳，怎么又睡着了啊……虽然猫确实经常是在睡觉，可是你也不用连这种地方都模仿吧。”

赤间同学一边说，一边不停地戳她。

虽然总是看到戏剧部的这些成员一起行动，但是仔细观察，就发现他们好像根本就是各凭喜好在做着自己的事情，互不相关的样子。

我倒是模模糊糊地觉得，他们的这种关系也挺好的。如果我将来创建的部门，成员们也能像他们这样自然地相处就好了，我正在这么想，却突然反应过来。

“不对啊！这是因为已经习惯了之后才会有的惯性思维，他们穿着这样的衣服一直在演戏，到底哪里自然了啊？”

我一不小心就把心里的想法直接说了出来，结果他们全都莫名其妙地看着我。然后喵美琳前辈不知道是不是被我吵醒了，像猫一样用手揉着脸。

“对了对了，我刚想起来哦。”

然后就用很缓慢的语调开始说话了。

“她临时加入回家部的时候，大家一起观看对抗战的视频的时候，还有到我们部里来体验，结果被游兔赶走的时候，我都有说起过吧……这孩子这么搞笑，就让她加入戏剧部也不是不可以吧？”

“啥？喵美琳你是认真的吗？”

赤间同学“呃”了一下，有点不太高兴地试探喵美琳到底是什么意思。

戏剧部的其他成员倒是好像挺同意喵美琳的意见，一边各自做着自己的事，一边点头表示赞同，也有人轻快地直接表示：“那不是挺好的吗！”

对于这种意料之外的发展，我除了吃惊以外，都来不及做出别的反应。

这么说来，他们好像对我挺有好感的样子？

“哇！这不是天大的好事吗，绘留奈同学！”

明日同学就好像是自己的事情一样替我开心起来，让人感觉很温暖。小冰见好像也因为没能让我加入书道部，心里总觉得有点不舒服，现在也开心地叫了出来。

真是很高兴，也让我心怀感激，可是……

——我已经在心里默默地下定了决心。

小冰见连重要的会议都没能参加，跑来陪我练习。

听到别人说起，就为了当我的练习对象特意跑过来的明日同学。

还有，就连这样不争气的我都愿意接受的赤间同学和他所带领的戏剧部的成员们。

自己创建一个部门，这个想法现在与其说是一个目标，不如说已经是我的一个美梦。

我觉得我必须要把自己的想法如实告诉这里的每一个人。

毕咪停在我的头上，像是鼓励我一样在那里静静地守候着。在大家的注视之下，我一字一句地开始说话。

“虽然喵美琳前辈愿意邀请我加入，我真的很开心……真的是非常非常的高兴！不过，我现在想靠自己的力量，从零开始创建一个新的部门。”

所有听我说话的人，都是差不多一样的表情——对我的想法感到震惊，却也能够接受的样子。

“虽然现在这个阶段，我还不知道要以什么样的形式建立，也还不知道会被染上怎样的颜色。甚至连最基础的东西都还不确定。可是，既然要做的话，我想要做到能在这所不可思议的御神乐学园里建立一个从来没有过先例的最有趣的部门！”

当然了，在对抗战中也要以最强为目标。要实现这个目标，我自己也必须要变得更强大才行，然而——

“这样啊。戏剧部里可是有很多绘留奈最喜欢的可爱的女孩子呢。真是遗憾。”

喵美琳前辈突然说了一句我绝对不可能漏掉的话。

“啊，我还是加入戏剧部吧！拜托了，让我加入吧！”

“等一下！你刚刚才描述了自己的宏图壮志怎么能马上就变卦溜咿！”

不行不行，条件反射地就……反正我要创建的部门也会有很多可爱的女孩子的，所以没关系。虽然难以割舍，但，但是，没关系的……

这个时候，一直一个人在旁边好像有什么话要说的赤间同学，终于忍不住插了进来。

“能不能给我等一下！你们怎么自顾自地聊得这么开心啊！打扰你们挥洒青春真是不好意思哦！我可从来都没说过同意你加入戏剧部吧！”

喵美琳前辈捏着赤间同学的手，不满地“咦”了一声。赤间同学却没理她。

“虽然我也承认小一宫确实挺有趣的，但现在戏剧部里难搞的家伙就已经够多的了，要是她也加入进来，那可就真的只有举手投降的份儿了。”

他好像是说给部员们听的，却又好像是在安抚小孩子一样。

为什么要这样呢，我都已经说过自己不会加入戏剧部了，他怎么还这么激烈地反对……

“反正也没必要一定要把大家都管好嘛，我觉得这样会变得很热闹啊。”

虽然喵美琳前辈这种说法算是给了我一个台阶——

“我本来还想再招些新成员，这样就可以凑齐动物园里的所有动物啦。像现在我们就还缺圆海山焦茶广腰板久下木野子虫（**注：并非实际存在的一种名字超长的虫**）啦，也没有大猩猩呢。”

但她接下来说的这句话我也不能装作没听见。

“如果加入戏剧部的话，我就要穿着模仿大猩猩的衣服，还要起一个模仿大猩猩的昵称吗？这种事情我是绝对不会同意的！”

而且模仿大猩猩的衣服该是什么样子的啊！还有，在大猩猩之前的那个动物的名字，听起来完全不知道到底是什么生物，我记得最后是以“虫”字做结尾的是吧？

“唔噗噗！小猩奈！唔哈哈！”

“别叫我小猩奈！竟然诡异地听起来还挺有感觉……绝对别再叫了！”

我哄着好像被戳中了笑点的小冰见，不停挥动手臂想转移她的注意力。

“哦，这么快就开始挥手臂了，是在研究大猩猩的动作吗？真有素质啊。”

连赤间同学都玩起来了。有素质是什么素质啊！有大猩猩的素质算怎么回事啊？到底是什么意思啊？

“嗯，我已经知道你准备要自己创建一个部门了。这样吧，这样吧！”

喵美琳前辈把手指点在嘴唇上好像正在仔细思考。

“我们戏剧部，不然就召开一个专门面向没参加过对抗战的初学者的讲习怎么样？还可以顺便指导一下戏剧部的一年级学生，对吧？”

这真是一个很好的提议。并不是为了我一个人，这种教导戏剧部一年级学生的同时，顺便教导我一下的说法，让我心中那种给人添了麻烦的感觉也减轻了不少。不愧是前辈，虽然看起来不靠谱（失礼），事实上还是很成熟嘛！

“好主意呢！不愧是喵美琳前辈呢！”

戏剧部里，一个头上戴着兔子耳朵的男生也高举双手表示赞成。

“是面对初学者的讲习，吗？这样的话，也可以吧。怎么办？小一宫。我们部门的成员也很多，我觉得你也许能找到跟你势均力敌的练习对象哦？”

提到让我加入戏剧部的时候，赤间同学明明摆出那么一副不情愿的态度，现在这样的提议倒好像正好处在他可以接受的范围内，所以就能满面笑容地邀请我了。

“这样真的可以吗？那就麻烦你们了！”

这样的活动我也不用太客气，而且也完全没有拒绝的理由，所以就心怀感激地接受了。

就让我在戏剧部打好对抗战的入门基础吧。

为了迎接新人战，总之我要先把自己力所能及的事情做好。

“太好了！明天开始，下课之后就要请你多多指教了，小猩奈！”

“我都没加入戏剧部了，还是得被叫那个名字吗？等等啦！为什么前辈你开始量我的衣服尺寸了？肯定不是因为你准备要做模仿大猩猩的服装吧？喂，你听到没有啊？”

不知道开心地量了我的尺寸的喵美琳前辈，明天会让我穿什么衣服呢？

激动的一天就这样宣告结束了，而我的心里却留下了强烈的不安。

不过我好像看见小冰见和明日同学，一起很羡慕地看着我被前辈量尺寸，一定是我的错觉吧？还是说其实他们两个，也很想穿模仿动物的衣服吗？那倒应该会相当养眼，我也想看你们穿出来的样子呢！

*

那天晚上，我当然也是睡在睡袋里面。这个睡习惯了的睡袋已经完全成了我温暖的家。熟睡过去的我，还做了一个难忘的梦——

大动物园刚刚加入了新动物——大猩猩。

因为不是人而是一只大猩猩，所以可能也不太适合被称为新人吧。正确的说法……应该是新猩猩吗？

无所谓了，动物园里的大家关系非常融洽。

而最受欢迎的，是豹子……是一名戴着豹子面具的少年。

那个少年，一直以为动物园里的动物们愿意接纳他，只是因为他是一只豹子。

他为了成为一只合格的豹子，一直在默默拼命地努力。

这件事情，被身为大猩猩，却又心思细腻的……

这种说法对大猩猩也太不公平了，总之，这只新来的心思细腻的大猩猩——

发现了少年的秘密。

第四乐章 放学后SIX

我想到一个没有人认识幼年期的赤间游兔的地方去生活。

御神乐学园是全住宿制的学校，了解得越深入，就越能发现这所学校的特别之处。只要进入这所学校，就可以离开包括父亲在内的所有人，自己一个人生活。

我谨慎地确认了身边认识的人和学校里的同学都没有一个要考那所学校之后，就决定了要去那里。

某种意义上来说，我是想要从这里重新出发。

身上穿上了崭新的校服，还有让人耳目一新的对抗战和绩点制度等等。即使需要面对这些入学之前根本不得而知的事实，也完全没有对自己的决定产生过动摇。

因为这里没有任何人知道赤间游兔是什么样的人，也就是说，从现在开始，我自己表现成什么样子，这里的人就会以为我是什么样的人。

校园内的面积大得夸张。我在园区里流过的小河水面上看着自己的脸，大声呵斥自己不能摆出这种表情。

那时候明明特意找了人烟稀少的地方，结果却听到从某个方向传来一个慵懒的声音。

“这里是哪里？我是谁啊？唔，我是喵美琳呀。”

她的言行让我开始担心，不知道这个人是不是有问题。随后，她好像发现了我，轻盈地加快脚步朝我靠近过来。

“迷路的孩子喵美琳，我的家到底在哪里？”

“我怎么可能知道。住在森林里什么的……又不是童话故事，所以我觉得应该不是。”

虽然对方是唱着歌问的，我却只是很平常地回答了她。这才刚刚入学没多久，我不会就被奇怪的人缠上了吧。

“是吗？啊，莫非你是新生？你也迷路了吗？”

“我确实是新生没错，但是并没有迷路。话说回来你是二年级……吗？都已经是前辈了，迷路什么的也是骗人的吧？”

我回答她的时候，脸上的表情和说话的声音都很开朗，与以前的自己完全不同。

我那张模模糊糊倒映在水面上的脸，因为实在是很像某个人，让我不禁自嘲地撇了撇嘴。

我大概，是在模仿自己的弟弟吧。

我绝望地发现，自己潜意识里觉得要受大家喜爱，最好的办法就是模仿自己弟弟的言行。

完全没发现我的状态有问题，那个自称为喵美琳的前辈接着说道：

“那个，人总是会在某个地方迷失方向的。这种现象，不管到了几岁，该发生的时候都一样会发生。”

“不管绕着弯子说得多么冠冕堂皇，其实前辈你就是迷路了对吧？”

发现自己没能成功蒙混过关，她就很伤脑筋地“喵哈哈”笑了起来。

我拿出了入学之后马上就领到的终端。

只要按着上面的提示走，根本就不可能迷路——我领着她往校舍的方向走的时候，顺便指出了这个问题。

“嗯，可是可是啊，虽然按着那个提示走是不会走错路，但是不这样一边玩一边走，直到迷路的话，那我现在也就不认识游兔了吧？所以迷路也并不完全是坏事，对吧？”

我们还只是刚刚才互相自我介绍过的关系，不知道为什么她竟然就开始直呼我的名字了。不知道是不是因为这个人的性格使然，而且我并不觉得这样有什么不好。

如果是以前的我，这一路上大概就会一直保持沉默，等把她领到目的地之后，就直接分开了吧。

也不对，以前的话，可能根本都不会领她回来吧。可是，那样是不行的。

“你穿的这身衣服，是在玩什么角色扮演吗？猫之类的？”

我开始积极地寻找能展开的话题，想要和对方进行互动。

“是猫哦，所以我的名字才叫喵美琳哦。不过这倒不是在做角色扮演，而是因为我是戏剧部的呢。”

虽然她这番说明其实什么都没说明白，简直可以说是毫无条理，总之——

“原来如此，是这么回事啊。”

先装作听懂了的样子回答了一下。

我这么回答，是对的吗？

不过，戏剧部吗……

至今为止，我都有意识地避免参与需要与其他人协调合作的部门活动，因为不知道什么时候就会露出破绽。

一旦露出破绽，说不定又会像那次一样……

只是，演戏这种想法本身，倒是很符合自己现在的思路。况且我也没有其他特别想加入的部门。

缘分，这种充满不确定性的词语当然也让人觉得挺不好意思的，但是我现在也许就是遇到了这种不确定性的事情吧。

我心里想好之后，就回头去问名为喵美琳的前辈：

“戏剧部，是大家都可以加入的吗？”

接下来的每一天，我都过着眼花缭乱的生活。

虽然戏剧部是一个庞大的部门，可能一方面也因为喵美琳学姐总是执着地缠着我，竟然很快就跟大家都混熟了。

每天都要扮演一个所有人都喜欢的“赤间游兔”，演一个既是我又不是我的人物。

然而我并没有觉得痛苦，甚至还会想，如果我一开始就能以这种方式生活下去，可能才是聪明的选择吧。那样的话，我的家庭也不会崩溃，现在大家就……每次想到这里，我就像要否定什么一样用力地摇头。

这种事情想也没有用，现在已经什么都无法改变了。

继续演吧。

就好像从来没有什么欠缺……

“又赢了？明明还是一年级，就已经是戏剧部的候补代表了。很好很好，你很努力呢。”

我用开玩笑的态度好几次把她的手挪开，喵美琳还是不肯放弃地继续摸着我的头。

如果强行制止她，或者自己跑开的话，她又会摆出一副要哭出来的样子。不过有时候，她也会像猫一样任性，突然对我不理不睬。

新人战的成绩很不错，对抗战中也很少会输。对于自己拥有如此强大的能力这点，连我自己都很吃惊。

毕竟我是在不了解御神乐学园实质的前提下，贸然考进来的，以前根本不知道自己会有这种能力。

看着终端，确认了因为自己的胜利，戏剧部的成员们能获得多少绩点之后，我继续激励着自己。

“还不够。还要更多，更多。”

要赢得更多，要得到更多的绩点。

然后，才能让大家更加需要我。

我能看得出来，每次战胜之后，大家对我的信赖都会增加一些。

在这里……通过被戏剧部需要这件事情，我填满了自己，变得充实起来。

没过多久，我就成为了戏剧部的中心。

为了不树敌，为了不让前辈们讨厌，我杀死了真正的自己，不停地笑着。

因为在对抗战中的活跃表现，我得到了宽敞的独立房间。

那是一间凄凉的、空虚的房间。

各种东西凌乱地堆放着，完全没有生活的感觉。

因为没有床，我就睡在沙发上。

从来没有叫大家来玩过。

因为我听说，房间这种地方，一般来说一眼看过去，就能大概推测出主人是什么样的性格。男人也好，女人也好，就算是小孩子也一样。

可是这个房间充斥着无机质的感觉，里面应该也没有任何能反映出我性格的东西吧。

我觉得这是一间没有心的房间。

因为每天晚上都做噩梦，我很多时候根本睡不着。小时候的记忆，还有弟弟对我笑的样子，一次次地在我脑海里浮现。

"真正的我，早就已经不被需要了。"

我从噩梦中惊醒后，就会站在镜子前面确认自己的笑容有没有问题。

镜子里的那张脸又会让我想起作为笑容范本的弟弟，然后就会陷入再做噩梦的可悲循环。

校园新闻里，介绍初中部有能力的学生的报道也不少。

这些被报道的人之中，有一个少年最近总是会吸引我的注意力。

——天文部，射水明日。

“虽然明知道他不是那个人，却会下意识地去想。他跟那个家伙，实在是太像了。”

他那副样子，那张天真无邪的笑脸，跟我弟弟的样子非常相似。

每次有明日的报道我都会去关注。我们并不认识，他当然也没有做错任何事。可是，他却毫无疑问地成为我焦躁的原因。

自己竟然会因为这种理由生气，这个事实让我更是气不打一处来。

首先能够确定的，就是这个人明年一定会通过直升的方式进入御神乐学园高中部就读吧。

他有实力的话，当然也会成为天文部的代表。这样一来，我们以后见面的机会当然也会变多。

一想到会有这么一天，我就提前开始忧郁起来了。

*

“从今天开始暂时要给大家添麻烦了，我是一宫绘留奈！

请多指教！”

下课后我来到了戏剧部。

因为这个部门人员众多，所以活动室也有好几个，平常好像很少会有全员集合的时候。

我现在跟大家打招呼的地方，就是其中的一个。房间里的人与其说是在练习演技，不如说只是找个地方休息而已。

房间里的前辈只有赤间同学和喵美琳前辈，以及一会儿也要指导后辈的人，除此之外几乎全都是一年级新生。

所以我就维持在不丢脸的程度，用轻快的态度打了个招呼。

因为我本来就不太会说敬语，这里全是同龄人也算是帮了我的大忙了。

“绘留奈每次跟长辈或者大人说话的时候，敬语都说得磕磕绊绊的，就像是在用奇怪的语调卖萌一样溜咿。”

毕咪开口调侃我。

这什么态度啊？我只是因为不太会说，所以会在平时尽量避免使用敬语。一定要说的时候，我可是有自信能说得相当相当高水平呢。

“既然你这么说的话，就看着吧！接下来我要去跟那边露出‘这种寒暄有什么必要’的表情的赤间同学，用敬语完美地打个招呼！”

戏剧部的成员们也都在看着，所以我必须要表现出自己是个优秀女子的一面，让他们见识一下才行。

“嗯……猪、祝你心情愉悦者也，痴间同学。”

“好恶心啊……还有，你连‘赤间’两个字都没咬准啊！这两个字是最不应该说错的吧！”

我扯着校服裙子的裙摆，稍稍行了个礼。这肯定是正确的打招呼的流程，不会有错的。我看过这类的动画呢。

而且我肯定没有说错。

“我才没有说错。自打我出生以来，我还从来没有说戳过一个字呢！”

“这不是马上就又错了吗。错的时机把握得太好，在下都觉得有点害怕了溜咿。”

我也觉得自己挺可怕的……

另一边，赤间同学只是无奈地看着我，而戏剧部的其他成员则开始按照自己的想法跟我打起了招呼。

“算了，反正我们部里本来就有很多奇怪的……有个性的成员啦。像你这样的新生，我都习惯了。”

赤间同学含混地掩饰着自己说出的真心话，改口说道。

虽然我自己也被他归类为奇怪的人，不过这一点我也确实不能完全否定，所以干脆就不管了。

“游兔你一直也挺操心的呢。真是辛苦了啊。”

“喵美琳，你就是所有人里面最让人操心的那个好吗？你看你，不要总是黏着我啊！也不要看我的反应取乐好吗！”

看起来，赤间同学好像唯独对喵美琳前辈没什么办法，非常为难地直接投降了。

“绘留奈，你就叫我喵美琳好了。”

已经见过好几次面了，也曾经有过对话的猫前辈。身材像模特一样好，虽然同样身为女性，但我对她也很有好感。

“请多指教！喵美琳前辈！”

“咦，你说话时为什么对着我的胸部？”

长得又高又瘦，却只有一个地方这么突出，会盯着看也是没办法的吧。

只要看着喵美琳前辈，胸前就满满的，很想靠在她的胸怀之中，还想要感受那胸前剧烈起伏。虽然我自己都不知道想要表达的到底是什么了。

戏剧部的代表是赤间同学，不管前辈还是后辈，大家好像都很仰慕他。不过在我看来，喵美琳前辈的地位也和他差不多。

她心境平和，总是给人一种很温和的感觉，浑身都散发着一种独特的气质。只要和她在一起，总感觉会慢慢地被带到她的节奏中去。

“因为部门成员很多，要是每个人都做个自我介绍那就太花时间了，会让我很想睡。”

前辈一边说着，一边做出一副已经困了的样子。但她忍着没有在大家面前打哈欠，而是告诉大家，接下来就准备只介绍一下，一会儿要给初学者讲课的人还有帮忙的人。

“这样子可能会比较好吧溜咿。反正绘留奈可能也记不住这么多人的名字和长相溜咿。”

“啊，我也因为部员实在太多，所以根本记不住。我们一样呢。”

我懂的我懂的！毕咪的说法得到了喵美琳前辈的赞同，在她身上我完全看不出有一丝一毫为此而反省的意思。

“喵美琳，你是应该记下来的吧？毕竟大家都是戏剧部的成员，起码应该互相记住吧……”

赤间同学环顾着周围的成员，发表了正确的意见。

“说得没错呢！明明是喵美琳前辈给所有成员起的昵称，结果自己却忘掉了，真是过分呢！”

好像在表达自己无法接受喵美琳前辈刚才说的话，一个男生一边在房间里蹦来蹦去，一边表达着自己的不满。

“啊，我是跟你一样一年级的兔丸！我们会一起听这个面向初学者的讲习，要为了能成为互相激励一起进步的对手而努力！哇啊，这可真是青春呢！”

“请多指教！叫你……烦丸就可以了吗？”（**注：日语中“兔丸”和“烦丸”的发音相近。**）

“完全不可以啊！不要把自我介绍时留给你的印象，直接变成别人的名字啊！太伤人了！”

虽然我本来是没有那个意思的，可能是我下意识觉得兔丸的这种热情有点烦，结果一不小心就表现出来了。

因为我们都是一年级，能变得友好一些就更好了。

以第二印象来说，我觉得他是一个没有城府的人。而第一印象就是热情又有点烦了，嗯。

“兔，兔子这种动物呢。一旦觉得寂寞了，就会变得青春起来哦。”

“这我还是第一次听说！而且啊，青春不是好事吗？既然能变得青春的话，不如就这样一直寂寞下去好了……”

一不小心，就对着消沉且闷闷不乐的兔丸吐起槽来。结果他听我这么一说，好像才意识到这个问题，马上就又蹦蹦跳跳的了。

“确实应该是这样！这就是逆向思维吧？唔哇！”

一个人闹腾了起来。其他成员们好像早就习惯了，没有人想要上前去阻止他，只有喵美琳前辈说了话：

“逆向思维是什么？是像寒天一样的东西吗？好吃吗？我比较喜欢吃橘子味的呢。”（**注：寒天也叫作琼脂。在日语中，“逆向”和“寒天”的日语发音是正好颠倒的。**）

她好像莫名其妙被激起了食欲，追着兔丸问个不停。

看来，这里确实有不少很奇怪的成员啊……

赤间同学看着他们闹个没完，也不禁头疼，对于赤间同学每天的辛苦，我多少也有了一些感受。

“兔丸和小一宫一样，都是升入高中才从别的学校考进来的。虽然他好像本来就有一些演戏的经验，但是在对抗战这个领域也是完全的初学者。部里也有很多一年级的成员，不过你和他起步的程度最接近，应该可以一起循序渐进地提高吧。”

赤间同学补充了一些我不知道的情况。

一说他也是考进来的，我就突然觉得很有亲切感。

紧接着，喵美琳前辈又抓着一个不知道为什么戴着口罩的男生的手，带着他跑了过来。

“这个孩子也是一年级呢。来吧，豚困，快打招呼啦打招呼。”

在喵美琳前辈的催促之下，他的视线终于转了过来。因为脸上还戴着口罩，也看不出他是什么表情，不过应该可以看出来他是一个相当酷的男生。

“那个……前辈。我能不能不再用豚困这个昵称了？无论如何都不能拒收吗？”

透过那个口罩，传出来的是低沉冷静的声音。虽然言辞之间是在恳求对方，感觉上却好像并没有带着多少感情的样子。

被称为豚困的这个男生，从身上的物品和昵称看起来模仿的应该是猪，他好像就是对此觉得不满吧。

“咦？猪肉明明那么好吃，你不喜欢吗？”

“所以你完全是以看待食物的眼光在看我吗……给我取这个昵称的时候，好像也正好在喝猪肉汤吧。”

豚困的语气并不激动，只是淡然又冷静地反驳着。然后不知道是不是想起来自己正在被介绍给我，就用眼神朝我打了个招呼。

他和兔丸之间的反差实在是太大了，让我一时间都不知道应该如何反应才好。不过即使如此，我觉得不好好地回应他也是不对的——

“那我就吃了，豚困。”

“真是的，别连一宫同学都把我当成食物啊。你打招呼的方式也太奇怪了吧。”

我打招呼的时候，脑海里不经意就浮现出料理好了的猪肉的样子。

即使被这样对待，豚困也完全没生气，还保持着一定程度的礼貌认真回答，这一点也很有趣。

“抱歉，是我搞错了噗。”

“因为是猪，每句话说完就要加一个‘噗’在后面——这个游戏自从我加入戏剧部以后，赤间代表和喵美琳前辈就已经玩过很多次了，现在对我来说已经毫无压力了。”

赤间同学和喵美琳前辈都已经做过了吗……确实像是他们会做的事情。

赤间同学的话，应该是为了让新加入的成员不会太缩手缩脚，所以才故意制造话题吧。

而喵美琳前辈应该就不是这个理由了，她应该只是单纯觉得这样比较有趣吧。

“顺便说一下，豚困好像不太喜欢吃肉，平常总是在吃蔬菜沙拉。这应该就是所谓的草食系男子了吧？”

“所以咯，现在挽回还来得及。拿出勇气不要再用豚困这个昵称了吧。”

一脸莫名其妙根本完全不打算改昵称的喵美琳前辈，和面无表情苦苦纠缠的豚困，这个画面实在是有点超现实。

可是，豚困这个名字其实还挺有冲击力的。

只要留在戏剧部，就要当三年的豚困了吧。不知道会不会进化成豚先生之类的呢。

就连我也是，如果加入了戏剧部，现在恐怕也就变成小猩奈了吧。

光是想象了一下，我就已经有不愿意来上学的想法了。

用小猩奈这种名字参加对抗战的情景实在可怕了。不仅身上穿的校服要搭配大猩猩风格的饰品，发动能力时要说的台词也会变成这样的场景——

“Tension MAX！唔嗷嗷嗷嗷嗷——！（同时激烈地捶打自己的胸口）”

我绝对不要。

必然会导致的结果之一，就是新闻部的小璐美奈写出的报道将会有这样的一个标题——《猩猩奈的怒吼！注意：绝对不要投喂食物》。

这哪里还算是对抗战的报道啊，简直就变成了动物园的提示标语了吧？

我心里已经想好了，如果听完初学者讲习之后对戏剧部产生了好感，就要回想一下刚才想到的东西，让自己打消这样的念头。

“然后还有最后一个人。这家伙已经是二年级了，所以其实是给大家讲课的。那么，喂，熊野同学！你在哪里！”

赤间同学想把另外一个部门的成员介绍给我们，结果却开始在附近东张西望起来，好像找不到那个熊野同学了。

熊野同学，是前辈啊。会是什么样的人呢。既然是以熊为模仿对象，应该是一位强壮的男性吧。

我脑子里勾勒出了一个外国肌肉男形象。头发多少有点秃，年龄在35岁左右……这所御神乐学园里怎么可能会有这样的学生呢！

我就这样自己想东想西的把自己吓得够呛。

“抱歉抱歉，我是去买吃的东西的啦！熊野同学一旦肚子饿，就会变得很粗暴的啦！”

终于出现的熊野同学，却是一个戴着熊帽子的可爱少女。而且声音还相当的萝莉。与熊应该有的声音简直是天差地别。

唔……我拼命压制着自己想要冲上去亲亲她的冲动。

“哟，虽然已经见过几次了，还请多关照的啦！我是戏剧部二年级的熊野同学的啦！”

她笑着伸出手来，要跟我握手。我马上就握住了她的手，

“咦，手好小！而且皮肤超滑溜的！之前还在想会是怎样的人呢，结果完全不像熊嘛。”

虽然看得出来她在打扮上是要模仿熊的，可能是因为之前

我想象的是一个外国肌肉男，结果反差就太大了。还有，虽然是理所当然的，她应该也没有35岁。

我把自己的想法老实地说出来之后，熊野同学却好像受到了很大的打击，浑身都抖了起来。

“哎呀，这样不行呢！熊野同学前辈她啊，为了能演好最喜欢的喵美琳前辈分配给自己的熊的角色，每天都很努力呢！你说她像女孩子，还有说她声音像小女生这一类的大实话，她是会生气的呢！”

兔丸得意洋洋地跟我解释着。原来如此，真是越听越觉得这个人好可爱不是吗？

因为被戳穿了自己不想承认的事实，愤怒的熊野同学啪嗒啪嗒地捶打着兔丸，但是看起来应该完全不疼。

比起熊类的大掌攻击，熊野同学的攻击看起来简直就像是小动物在闹着玩一样。

“兔丸你不许说的啦！熊野同学是很强的啦！”

她含着眼泪反驳着，而且最后还转身扑进了喵美琳前辈的怀里，接着就抽着鼻子哭了起来。得到喵美琳前辈摸着头发的安慰，她才露出一脸好像很幸福的样子。

她是小孩子吗？哪有这种熊啊？而且，除此之外还有一点，我无论如何都不能假装没发现。

这个问题到底是可以问呢，还是不能问呢。

“我可以问个问题吗？熊野同学每句话说完都硬要加上的

那个‘的啦’，难道是故意的吗？‘的啦’什么的……”

我高高地举起手，像上课抢着回答问题一样提出了问题。为了参加初学者讲习，我们会相处不短的一段时间，如果就这么保留着这个疑问我一定会很不舒服的。

“啊……我可不管了。”

赤间同学一脸“这和我没关系，我才不想卷进去”的表情，转身就走开了。一旁的兔丸也冒着冷汗慢慢向后退去。

“真是的！讨厌讨厌好讨厌啊！句尾加这个我也知道很奇怪啊！可是要在戏剧部的成员中间展示出个性的话，除了这个方法我也想不到别的了不然还能怎么办啊！”

说这番话的时候，熊野同学的句尾词已经变成了简洁利落的普通格式，还把手中拿着的猪肉包子朝我扔了过来。

“好痛……”

可是那个肉包却没有飞向我，直接脱离目标击中了豚困。

好巧不巧的居然用猪肉包子打豚困！他还保持着自己一贯的面无表情，只是多少有了一些难过的神色。

“还有哦，还有哦！我的昵称是连熊野同学的‘同学’两个字都包含在内的！叫我的时候如果只说熊野同学四个字，就等于是直呼我的名字呢！你们都是我的后辈，叫我的时候要好好加上对前辈该有的称呼啊！”

完全不提刚才的那个猪肉包子，她余怒未消地又针对称呼的问题继续对我发着牢骚。

“那个……那要是加上的话……就叫熊野同学同学吗？”

那不就变成这样了吗。我万分恐慌地跟她确认了一下，

“才，不，是，呢！NO！人家是会拒绝的熊女孩的啦！”

老实说，她生气的时候声音也非常可爱。还有一边留意我的反应，一边又偷偷把句尾的‘的啦’加回来的样子也很棒。可是，如果我这次再提起句尾的事情，恐怕她以后都不会再跟我说话了吧？所以我还是老实地什么都没说。

“对于别人的句尾，原来你是这么想的啊溜咿……唉……”

不知道为什么连毕咪也连带受到了伤害。话说回来，毕咪的那个句尾词也很不自然，不过我好像早就习惯了……

“就叫熊野同学前辈好了，或者我希望你能叫我小熊野同学的啦！”

“‘小’可以算是敬称吗？而且这种叫法，听起来就好像是叫作‘小熊三’一样，熊野的‘野’字都从名字里面被排挤出去了啊！”**（注：日语中，小熊野同学和小熊三发音相同。）**

可是说得太多搞不好又会触到她的逆鳞，所以我就老实地叫她熊野同学前辈好了。

我觉得她就算不用那个奇怪的句尾词，个性已经足够独特的了……

戏剧部这片热土上，到底是聚集了多少怪物啊。

赤间同学大概是看到这边已经安静下来了，看准时机又跑了回来。

“那么，这些人就是参加初学者讲习的成员了。小一宫、兔丸，还有豚困是来学习的一方，我、喵美琳，还有熊野同学就是教导的一方了。”

学生和老师都是各有三人，看起来就是这样了。因为人数很平衡，感觉还不错。

我招手把兔丸和豚困叫到自己身边，三个人站成一排。

然后数着一、二、三，大家一起说道：

“请多多指教！”

三个人一起说完，一起低头行礼。兔丸动作利落，豚困就很缓慢的感觉。

赤间同学和喵美琳前辈笑着回礼，熊野同学前辈则不知道是不是想要做出熊的样子，抱着手臂大大方方地点了点头。

接下来的日子里，每天下课之后我都会到这里来，和这些成员见面。

自己要创建一个独特的部门——为了实现这个远大的目标，我自己也知道现在才开始已经有些迟了。

课程方面倒是没有什么问题，我完全跟得上学校的进度。而部门活动方面，虽然大家都是新生，但我一开始把所有精力都用在了寻找合适的部门上，所以在对抗战这块，想必其他人也已经领先我很多了。

当务之急是要把在这里学到的东西，百分之百地掌握！

另一方面，我一直很在意赤间同学。

虽然说是在意，却又不是一般来说那种女孩子对男孩子的在意。

而是在意他所拥有的、隐藏着的某种东西。

“绘留奈，怎么了溜咿？”

发现我目不转睛地盯着被部员们围绕着的赤间同学看，毕咪好像很难以置信似的靠过来问我。

“没怎么啊！”

我一边回答，一边也挤进了那个圈子。

“我也想要尽快觉醒自己的能力呢！如果是像赤间前辈的能力一样，有青春燃烧的感觉的能力就太好了呢！”

“兔丸你觉得我的能力是那样的感觉吗？青春啊……”

兔丸说完自己的愿望后，赤间同学就很不情愿似的眯起眼睛看着自己的镰刀。

“熊野同学的教导可是很严格的啦！做好心理准备的啦！”

“那可不行啊，对待后辈要温和一点才行喵！”

“是，是的……就是这样的啦！我会很温和地你们做好心理准备的啦！”

熊野同学前辈好像完全无法抵抗喵美琳前辈的话，轻易就改变了自己的立场。

“那么，就请你从便当开始做起好吗？不要再用所有菜都是猪肉的便当来让我为难可以吗？”

豚困用冷静的语气开始提要求了。

“才，才不是为难你呢！我就是喜欢吃猪肉，有什么办法嘛！不对，有，有什么办法的啦！”

因为太焦急，熊野同学前辈还犯下了忘记说句尾词的错误。惊慌失措得满面通红的她，真的超级可爱啊。

“给这些参加讲习的人起个代号吧，这样叫起来也比较方便不是吗？初学者讲习组怎么样？不过好像有点长。”

在旁边看着我们的戏剧部成员，谨慎地出了一个主意。

确实，对于戏剧部的其他人来说，如果不给这个六人小组起个简便的称呼，可能确实不太方便吧。

“好啊，那样的话，叫讲习组就可以了吧。”

赤间同学好像觉得很麻烦的样子，想直接把名字定下来。

可是我不喜欢这个叫法。如果真的有人这么叫我，不知道是怎么回事的人不是会误会成‘浆洗组’什么的吗？也太丢人了吧。

“我想到了一个好名字！这就是所谓的灵光一现呢！绝对是很灵的那种！”

“像到目前为止，兔丸提出的建议还从来都没被大家采纳过吧。”

“那种事情……虽然也确实是呢！仔细一想还真的是呢！不过这次的真的很好！就叫‘放学后SIX’，大家觉得怎么样呢？因为我们是六个人所以我才想到的呢！”

即使被豚困泼了冷水，兔丸也还是没有气馁，还两眼发光一脸得意的样子。

“好，好逊……”

赤间同学无力地小声嘀咕着，可能是不想随便否定后辈的想法吧，所以也没有表示出明确的反对。

不过我觉得这个很不错啊！而且好像也能让大家产生出连带意识。我现在简直想毫无顾忌地大肆称赞兔丸一番了。

“那就决定了！那么，大家过来一下听我说！”

我把六个人都叫过来，用不让其他戏剧部成员听到的音量偷偷摸摸地咬起了耳朵。

“咦，真的吗……”

“喵！好像很有趣，来吧来吧！”

“好像很强，不错的啦！熊野同学最擅长这种的啦！”

赤间同学、喵美琳前辈，还有熊野同学前辈，大家的反应各不相同。

兔丸举起拳头大声叫嚷着：

“呜哇！有青春的味道呢！”

对此，豚困则只是面无表情地点头同意。

“那么就开始吧！预备！”

听到我的口令，每个人都摆出了说好的姿势。

“放学后Leader……赤间游兔……为什么我要做这种事……”

“放学后One！喵美琳！好开心！”

“放学后Two！熊野同学的啦！吼吼！”

“放学后Three！豚困。豚困什么的，其实我本名叫……”

“放学后Four——！兔！丸——！”

“放学后Five！一宫绘留奈！六个人一起就是——”

“放学后SIX——！”

大家齐声喊叫，站好队形后每个人又摆了姿势。

轰隆隆隆隆！我心里还响起了爆破般的效果音。

就是这样，就应该是这样的啊。

虽然豚困在中途好像还准备继续说点什么，但却完全被兔丸的声音遮掉了。

其他戏剧部的成员们虽然有些莫名其妙，却被我们的气势感染，稀稀拉拉地鼓起掌来。

“好想走啊……明明还只是刚刚互相介绍认识，我已经想回去了……”

赤间同学维持着摆出来的姿势，低着头嘀嘀咕咕地不停念叨时，看到了房间外新闻部的离宫璐美奈已经架好的相机，马上一脸铁青地追了出去。

因为赤间同学好像有很多粉丝，这张照片可能会成为号外也不一定呢。

这是让放学后SIX被广泛了解的好机会，恐怕很快就会有报道出炉了吧。

*

“这就好像是少年漫画里面的修行一样呢！真是让人热血沸腾的发展呢！”

这已经是放学后SIX——也就是初学者讲习开始之后的第几天了呢？每天的内容都很丰富，让人觉得时间很快就过去了。

理论讲解和实战，对抗战过程中的一般规律等等，学到了相当多的东西。

虽然我并不喜欢学习，不过其实成绩倒也不差，而且经常被评价为很会吸收新东西，所以要跟上大家的进度并不难。

兔丸虽然好像已经有些吃力了，但他大概是那种越是逆境就越要燃烧的类型，所以反而是最有朝气的一个。

“今天前辈们全都很迟啊。他们最近也到了忙碌的时期了。”

豚困总是我行我素的，却也完全没什么负担地跟上了初学者讲习的进度。

不过，我看到过在大家回去之后，他一个人留下默默练习的样子。

虽说每次叫他豚困，他都会要求叫他的本名，但那个重要的本名到底叫什么，则总会因为各种各样的意外（比如兔丸的大喊大叫）影响而听不到。这大概就是他的命运吧。

兔丸和豚困简直是完全相反的两种人，结果却好像就是要这样才好还是其他什么原因，他们两个的关系看起来相当好。

每天都要在一起度过一段时间，让我们三个人之间也开始产生了羁绊。

“三个人都没来应该是有什么事情了吧？我到放学后SIX的空间看一下。”

说完，兔丸拿出了自己的终端。这台终端的功能简直是相当全面，也支持多名学生登录之后建立一个联合的交流空间。

放学后SIX刚刚成立的那天，在做完自我介绍之后马上就开通了一个空间。大家互相联络基本上都是通过这个空间。

赤间同学当然是很忙的，喵美琳前辈和熊野同学前辈也有很多事要做。所以，每天初学者讲习的集合时间都不是完全固定的，需要配合前辈们的时间，临时在空间里联系。

因为前辈们是出于好意空出时间教导我们，所以大家也没有什么怨言。而且只是他们两个人也就算了，我甚至都不是戏剧部的成员。

“我在空间里留言了，但是没什么反应呢，连已读反馈都没有。”

“大家就先自习，慢慢等溜咿。”

毕咪一边喝茶，一边悠闲地说着。

倒是这只说起来也算是御神乐学园讲师的生物，到底几岁了呢？

虽然我觉得它精神年龄大概也就和我差不多，却总像个大叔似的，偶尔又会表现得很成熟。

以前我曾经问过一次，结果它扭扭捏捏地反问我：“我看起来像几岁溜咿？”

当然，这种题答了也没有什么好处，我直接就打了它一顿，所以最后也还是不知道它的年龄。

“那就按毕咪老师说的，先开始自习好了！我要先从觉醒自己的能力开始！集中精力！”

虽然对抗战打到一半才觉醒的先例很多，不过日常生活中就觉醒的情况也不是没有。

兔丸现在正处在想要早一天掌握自己的能力的状态吧。毕竟豚困和我都已经超越这个阶段了。

虽然我的能力因为还没找到自己的道具，现在还是未完成的状态……

据说，能力也是可以从部门的前辈那里继承的。

不过那种情况下通常都会有些限制，一般继承者的能力都无法达到传授能力的前辈的水平，所以很少有人能把这种方式得到的能力活用起来。

兔丸也是这些人中的一个，他曾经很不好意思地说过：“我想要那种故事主角一样的能力呢！所以必须要有拥有创枣性才行呢！”

所谓的创枣性，就是能生产出大枣的意思吗？难道说他原本想说的其实是创造性吗？不过我也只是想了一想，并没有追问下去，所以直到现在还可以听到他时不时在说："要有创枣性呢！要有我自己的创枣性呢！"

真是让人讨厌不起来的可爱小傻瓜啊。

话说回来，自习呢……我应该自习什么内容才好呢?

"站在那边的，是赤间代表吗？"

这时，隔着窗户看向外面的豚困好像发现了什么。

"嗯？哪个哪个？"

我和兔丸都跑到了窗户旁边，朝豚困正在看的方向看去。

站在那里的人确实是赤间同学。他被几个戏剧部的成员包围着，看情况好像正在商量什么事情。

"啊，好像是在来这里的路上被他们截住了吧？部员们有什么事情都是首先会去找赤间前辈商量的。"

"这样的话也是没办法的啊。其他两个人估计也是遇到了差不多的问题吧。"

他们两个都一副放心的表情，接受了这个迟到理由。这种情况大概是相当常见的吧。

赤间同学一定是被部员们真心爱戴着的，这么一想心里就觉得暖暖的。

我觉得他之所以能坐上代表的位置，应该也不仅仅是因为能力很强吧。我也一样，如果我想把自己的部门建立起来，也就必须要成为能被大家信赖的人。

虽然听不到他们在讨论什么，却可以看到跟他谈话的人都被他和气的笑容感染，很放松的样子。这和赤间同学在我印象里那个总是被大家欺负的形象可是大相径庭了。

“会欺负他，也是因为喜欢他吧……”

“咦？你是在说在下吗溜咿？”

虽然不知道我在这边自言自语为什么会让毕咪这么高兴，不过很可惜，这段话与它完全无关。

我们三个人开始进行各自的练习，等着前辈们的到来。

最先过来的是喵美琳前辈。

“咦？你们来得很早啊。怎么了？难不成是瞒着大家在做特训吗？”

她说这番话的时候，已经是约定的集合时间之后一个小时了。我们马上就反应过来，喵美琳前辈其实是记错时间了。

对此，兔丸小心翼翼地开口问道：

“前辈，我们的集合时间早就过了呢。不过我们自己也在练习，所以没什么大问题呢！”

“嗯？可是游兔和熊野同学不是都还没来吗？”

“那个是因为，大家都迟到了……不过已经没问题了，是我们不好！”

兔丸好像被喵美琳前辈那完全不带任何阴影的、天真无邪的笑容折服了，最后还是没能继续说什么其他的内容。

前辈却只是一脸的莫名其妙，反过来开始担心兔丸是不是撞到了脑袋。

接着出现在我们面前的，是双手抱着袋子的熊野同学前辈。

“我来迟了抱歉的啦！为了维持能量我去买了很多吃的！因为买太多，所以大家也来吃的啦！”

看起来她是因为去买东西所以才来晚了。虽然说是为了要维持能量什么的，不过她这样的身材根本看不出来哪里有什么能量。但是如果我这么说她肯定要哭了，所以这个我还是不要吐槽比较好。

“是增加精力的……猪肉盖饭啊。”

豚困从袋子里拿出一盒，连眉毛都没动一下。熊野同学前辈“啊”的一声伸手捂住了嘴，好像因为做错了事而微微地颤抖着。

“对不起啊豚困……我买的时候没想到。这样的话，你们就变成同类相残了……”

“虽然我穿着模仿猪的衣服，昵称也和猪有关，但我本人可不是猪啊。这根本就不是同类相残，所以没问题的。而且，你忘记说句尾词了，给人一种你真的为此抱歉一样的感觉，反而更让人难过。请你以后不要再这样了。”

用极度冷静的语调说话的豚困，和太过慌张连自己的角色特征都忘记维持的熊野同学前辈，这对比还真是没有真实感。

“此外，我希望可以的话您可以叫我的本名，我叫……”

就在豚困要说出他自己的名字的时候，赤间同学简直是横冲直撞般地跑进了房间。

他气都喘不匀，看得出来是很着急地跑着过来的。

结果这次当然也就没听到豚困的本名是什么。

赤间同学好像是想解释一下为什么迟到的，不过兔丸和豚困什么都没有问。

如果他们两个也和我的想法一样，那应该都是觉得赤间同学刚才处理的应该是私事，我们要是随便插嘴去问就有些不识好歹了吧。

“我们大致上也知道是怎么回事呢！那么，既然放学后SIX的成员已经到齐了，我们就马上开始今天的内容吧！”

“先来处理一下这些猪肉盖饭的问题吧？反正买都买了。”

“好的好的好的！本人一宫绘留奈，因为绩点余额不足常年处于空腹状态，我能吃掉三份猪肉盖饭！”

大家都到齐了，才能叫作放学后SIX！

大家一边吵吵闹闹地聊天，一边先吃起了饭。在这个瞬间，我觉得赤间同学也表现出了自己的本色。

“呵呵，他果然也能露出这样的笑容呢。”

“绘留奈，你刚才说什么溜咿？”

“没有，什么也没说！”

我回答了毕咪之后，就开始霸占自己那份盖饭了。

“我不吃猪肉，给。这份你也吃掉吧。”

豚困先把他的那份递给了我。我能感觉到熊野同学前辈在看着我，还嘀咕着:“果然因为是猪所以不能吃同类的啦……”

但是这并没有什么值得在意的，我豪爽地接过了那份盖饭。

而我的下一个目标，就是买来这些盖饭的熊野同学前辈了。

“并不是只要吃肉就能变得像熊那么强壮呢！反而肚子上说不定会长赘肉……”

我半开玩笑地吓唬她，她果然惊慌起来：

“是，是那样的吗？肚子上长肉……呜呜……”

结果她烦恼得连句尾词都忘了说，犹豫了一会儿就默默地把自己的盖饭推过来给了我。

与女孩子的本能相比，要塑造熊的角色形象的愿望还是不够强烈。顺便一提，因为我是不会胖的体质，所以吃多少都没关系！

不过我通过过去的亲身经历，已经知道如果在女孩子们面前说这种事，最后都会演变成地狱一般的修罗场，所以我什么也没有说。

不过，正像我一开始就在担心的情况一样。

在这里，和这些同伴们在一起的时候，心情实在是非常好，让我都不想离开了。

虽然赤间同学可能会做出苦恼的表情，但是只要我说想要加入戏剧部，大家一定都会欢迎我的吧。

可是，不论如何我都不能违反与自己的约定，我已经在那天下定了决心。

我不能让自己变得依赖放学后SIX！

总之如此这般这般如此的，我今天也一直致力于特训。

*

每天上完课，就去戏剧部进行针对对抗战的学习。身心愉悦地带着一身疲劳回去的，永远都是那个地方。

“我回来了，我的房间！我的小睡袋！”

自从正式加入回家部的事情取消之后，我已经决定暂时就睡在这里好了，然后就苦心孤诣地研究，怎么样才能把这一块地方的环境改造得更舒适。

“因为每天早上都来叫你起床，循序渐进地竟然没太看出来到底发生了多大变化。现在仔细一看，你这搞得也太夸张了溜咿……”

看来我的改造已经让毕咪都说不出什么了。按照现在的进度，等我创建了自己的部门之后，应该也会以此地为据点，在附近扩建一个给成员们的空间吧。

“呵，呵，呵！一开始这里只是一个堆放睡袋的角落而已，改造成现在这个样子，已经可以称为一个房间了吧？”

就算有人来做客也拿得出手，简直是我自满的杰作。

因为我的绩点已经都为了维持正常的日常生活用光了，能把这里布置出现在这种效果，我付出了很多努力。

"据说有个学生，在周末举办的跳蚤市场上会拼命讲价，强迫卖主半卖半送地出售商品溜咿，难道说……"

我的确是付出了很多努力呢。

可是，在这样的辛苦之后，我的城堡也建成了！

只不过，睡觉的地方还是那个睡袋。不是床也不是被褥，是睡袋。总觉得如果连睡袋都改掉一定会挨骂，所以这个地方我就自我妥协了。

正在我跟毕咪显摆我的设施的时候，一阵清脆的铃声突然传了过来。

"哦，有客人啊。"

"你还自己做了这种装置吗溜咿！"

其实我本来是想装一个门铃的，但是要更改电线什么的果然我还是做不到，所以只好退而求其次了。

我到入口那边去迎接来客，结果站在那里的是：

"小冰见啊啊啊啊啊啊！爱你——！"

"哇哇哇，这突然是要干什么啊！"

既是书道社代表，又是我的天使，八坂冰见前辈。

我本来还想抱着她好好揉搓一番呢，结果却被她那杆大笔隔开了。

"真是的，小冰见！毛笔才不是这样用的，那是你要用在书道上的重要的工具啊！"

"既然都能在对抗战上当做武器使用了，当然是想怎么用都行了！不过这个不重要，冰见今天不是来找你玩的。”

她一边说，一边一眼一眼地打量我的城堡。

把（擅自）重新贴了壁纸，完全看不出是纸板箱（未获许可）的纸板箱当作墙壁使用，划分出了一房一厅一厨的空间。

“要住吗？小冰见也要住吗？要同居吗？我这方面……没问题哦！”

“为什么要停顿一下才说‘没问题’啊！为什么要红着脸明明不好意思还说什么‘没问题’啊！真是的！虽然这里在你的改造下，看起来确实比原来精致了，但都快要看不出原本应该是走廊了。”

小冰见在我的房间里双手叉腰，怒气冲冲地看着我。

真是景色绝佳。真希望这个时候新闻部的能来拍照写篇报道呢。如果他们能捏造出类似《新生一宫绘留奈和书道部八坂冰见，惊爆热恋关系》的标题，让我们的关系成为既成的事实。

“那么，你今天是有什么事呢溜咿？刚才不是说你不是来玩的吗？”

不知道是不是觉得让我掌握话题的话永远也说不到正题上，毕咪代替我向冰见询问她的来意。

“对了！不是来玩的啊！冰见可不是因为想跟绘留奈一起玩游戏才来的啊！”

她毫不掩饰自己对地上散乱堆放的那几台掌机的欲望，一边勉强控制着自己一边说。

你，你想玩的话我们就一起玩啊……既然都要哭出来了就玩嘛……

“冰见我呢，是接受了宿舍楼管理员的委托才到这里来的。所以，你明白的吧？就是这么回事……”

她好像不知道应该怎么说，手上无意识敲着房间的墙壁，因为墙壁是纸板箱做的，所以一敲就发出空空的声音。

“咦……难道说……莫非是！”

“是的。大概就是那样吧。”

“——难道是因为我装饰得太好了所以要表彰我吗！管理员也还挺有品味的嘛！好样的！”

“这和冰见要说的根本就不一样啊！绘留奈你的思路也太过于积极向上了吧！”

是吗？因为我确实觉得做得就是有那么好啊。虽然无法成为世界遗产，但要评选个御神乐遗产什么的还是不奇怪的。

“管理员想要说的，应该是绘留奈对这片区域的改造，已经渐渐进入了无法忽视的领域了吧溜咿？”

“已经无法忽视了吗?!这样啊！已经变成了宿舍楼里的名胜了吧！我要发达了！”

虽然是为了自己生活得更舒适才进行的改造，但是得到别人的认同也并没有不好的感觉。

“人家说的无法忽视可不是你说的那个意思好吧？如果明天早上你还不把这些东西拆掉把走廊恢复成原本的样子，就要接受处分了！”

……

咦？

“拆掉，是说这些全部吗？”

“嗯。”

“是要恢复成只有睡袋的样子吗？”

“对的对的！”

对于我呆滞着提出的问题，小冰见不知道是不是有些自暴自弃了，反而回答得兴致勃勃。

“冰，冰见也会帮你忙的啦！提起精神来啊，绘留奈！”

我还没能接受这样的现实。

最初我还是有注意着一点一点进行的吧？因为没有人对我的行为提出异议，所以我才会以为这里随便弄都没关系，然后就改成了今天这个样子……

都做完了才让人家拆掉也有点过分了吧！

“大概，连管理员都没想到你竟然能搞到这个地步，所以之前才没说什么吧溜咿……”

我的城堡的拆除工作，一直持续到了深夜。

分配给个人使用的柜子里塞不下的东西，就必须要处理掉，大部分东西都被我哭哭啼啼地扔掉了。

“啊啊，伊丽莎白……虽然相处的时间很短暂，还是要谢谢你。”

“你怎么还跟纸板箱做的墙说话啊溜咿？你还给墙取了名字吗？”

毕咪还一副吃惊得不得了的样子。

这难道不是理所当然的吗？我对这些纸板箱的墙壁就是有这么依依不舍啊。

“即使被当作可燃垃圾扔掉也不能生气哦，亚希子……我到时候也会到那边去陪你的……”

“你那纸板箱的名字改了呢！不是叫伊丽莎白的吗？这不是连国籍都变了吗？而且也太阴暗了！想得太多了吧！”

小冰见一边轻松搬起一堆比自己身体还大的物品一边说。

我，我就是心神不宁到连名字都叫错了的程度啊。才不是因为名字的设定本来就不是很明确，现在已经不记得了。绝对不是因为这个原因。

整理的工作一直持续到了深夜。

最后剩下的，就是一开始的那个睡袋，只有它自己。

“我已经只有你一个了！”

我放声高喊着，扑向了放在走廊角落里的睡袋。

我已经决定以后就和这个睡袋一起生活了。以后就算是创建了部门，有了自己的房间，我也要睡在这个睡袋里！要把睡袋带到房间里去！

“果然比起正式的房间，绘留奈还是更适合这个睡袋呢。”

“这个睡相很适合她溜咿。”

小冰见和毕咪嘀嘀咕咕地回去了。

不会背叛我的就只有睡袋。我不会再离开你了，我的睡袋。

话说回来……如果再不洗洗，可就有点汗臭味了哦，睡袋。

*

新人战的淘汰对战表，当然不会等到比赛当天才突然公布。

由于一年级人数很多的缘故，淘汰对战表是需要贴在露天的地方的。公布的地点就定在了学校里那个宽敞的广场。

炫目的太阳光让人睁不开眼睛，身边随处可见应该是朝着同一个目的地前进的一年级学生。我也跟着人流向前走着。

同学们有的看起来很紧张的样子，有的和好朋友牵着手好像要去野餐一样。面对淘汰赛，大家的情绪也各不相同。

距离新人战的第一天还有一周的时间。

放学后SIX的初学者讲习也进入了收尾阶段。

“马上就要开始了，我的盛大舞台！华丽的成绩，将会是宣布新部门成立时最好的装饰品！”

虽然在新人战开始之前都会毫不松懈地继续做好准备，但是现在气势已经足够了。现在的我和接受培训之前的我已经不一样了。

“在参赛者之中，绘留奈已经是相当有名的了溜咿。再怎么说，也曾经在正式的对抗战中战胜过小冰见嘛。虽然在之后的模拟战中因为输给星锁导致评价降低，也仍然是备受大家瞩目溜咿。”

“嗯，不过如果他们知道，我在练习房里对战小冰见和明日同学的时候根本是束手无策的话，恐怕就一点好评也不会有了吧。”

毕咪也和我在一起，朝着贴出淘汰对战表的广场前进。

虽然使用终端也能看到对战对手和比赛时间的安排，不过毕咪却说，要亲眼看看那张巨大的淘汰对战表才算没白白参加一次新人战。

不知道是不是每个部门的前辈都对新生说了同样的话，没用终端查看就直接过来看的一年级学生相当的多。

虽然在御神乐学园里面，大部分的事情都可以通过终端做到，但是这种保留着某种程度上的集体文化的小细节，却让我觉得有点高兴。

“哦，幕布还没有掀掉，现在看不到对战表，但是那个巨大的看板应该就是了吧。”

在广场中央，竖起了一块高有三米，长度不可估计的巨大的看板。

我现在还只是走到差不多广场入口的地方，就已经被那块看板夺取了全部的注意力。在盖着白色幕布的看板前面，已经聚集了不少的人了。

“距离预定要公布对战安排的时间已经没有多久了溜咿！”

“难得有这个机会我想到最前面去看！快点啊，毕咪！”

虽然我早就盯上了新人战，可是站在这块预告着新人战即将开始的看板前面的时候，心情还是突然就兴奋了起来。

虽然我觉得要看就要去最前面的最中间，不过前面的位置确实大部分已经占满了。

有消息说公布的时候还要搞一个小型的活动，可能也是大家比较积极的原因之一吧。

“呃，没有地方了啊。啊，在那边的难道是……”

最前排最中间相当于贵宾席的地方，有一个人像赏花占位一样在地上铺了一块席子，那个人怎么看都是豚困嘛。

他身边看不到兔丸，也没有其他戏剧部的成员或者看起来是他朋友的人，那他大概就是一个人来的吧。这干劲儿也有点过头了吧。

我分开人群挤过去，很自然地站到了豚困的身边。

“哎呀！抱歉抱歉，等很久了吗？”

然后就努力营造出好像早就约好了的气氛，一屁股坐在了席子上。

豚困什么也没说，把脸上的口罩往下一拉，拿起一个盒装果汁就喝了起来。

“给，给我等一下！豚困你冷静一点！”

“可是我觉得该冷静一点的是你。”

滋溜滋溜，豚困一边用吸管吸着果汁，一边用一如既往的冷淡态度回答我。

是，是吗，该冷静的是我吗？

但是可是！我还是第一次看到豚困不戴口罩的样子啊！

明明每天下课后都要在一起很长时间的，可是他都从来没有摘下过口罩，我原本还猜想是不是有什么特殊的原因。而且还和兔丸说好了，尽量不要触及他这方面呢。

老实说我真是相当为他着想了，结果竟然——

“口罩下面很正常啊！而且还长得相当帅气啊，豚困！”

“是很正常啊，不然你以为是什么样？你以为我真的长了个猪鼻子吗？”

虽然并没有那么想过，可是也没想到他竟然长了这么帅气的一张脸。

穿着模仿猪的衣服，戴着模仿猪的饰品，还叫着豚困这么恶搞……不，这么好笑的名字，结果长相却像是某个国家的王子殿下。

即使是在御神乐学园的众多美男美女之中，豚困也算得上是鹤立鸡群了。

我内心的震惊好像并没有传达给豚困，他一副事不关己的样子继续喝着果汁。

他大概也没注意到周围女生的视线已经开始越来越多地转移到自己的身上了吧。

豚困没有对我擅自侵入他占的位子这件事发表任何意见，还稍稍往旁边移动了一点，以便我和毕咪都能坐得下。

真是王子啊？真是继承了皇家血脉的人啊？

他的举动实在过于洒脱，让我很是震惊，但是还有一个让我很在意的问题。

“兔丸没和你一起吗？这种活动，他一般都很积极吧？”

大概是喝完了果汁，豚困拉起口罩，捏扁了纸盒，

“他好像是因为对这个活动非常期待，结果紧张过头肚子疼，蹲在厕所里出不来了。还是兔丸说想要占个位置，我才会提前到这里来等着的。”

他的语调没有任何变化，淡淡地说着。

刚认识的时候，因为他一直这样说话，我还担心过是不是因为自己太吵被他讨厌了，或者是生我的气之类的，不过现在我已经知道，他基本上不管什么时候对谁都是一样的态度，他就是这样的性格。

把口罩戴好之后，就又是那个我熟悉的豚困了。他刚才的那副样子，就像是只能存在于二次元里的人一样，让人手足无措。希望他不要突然就露出脸来呢。

“差不多到时间了溜咿。”

环顾一下四周，不知不觉间，就连身后都已经站满了人。

“哇——！快看快看，毕咪。好壮观啊！”

不只是一年级学生，连高年级的也有。所谓的新人战，就

是这么盛大的一场活动了吧。

我不由兴奋得抖了起来。豚困在旁边看我这样，好像也在口罩下笑了起来。我脑子里还浮现了远方的厕所里，兔丸轻声哀叫的表情……嗯，这个就不需要了，是的。

接下来，就到了公布淘汰对战表的时间了。

与此同时，明明还是大白天，周围却开始变暗，伴随着激烈的音乐声和烟尘，几发烟花射向了空中。

“哇啊——这也太厉害了吧！是过节吗？这是热闹的节日吗？要喊号子吗？”

因为太兴奋，我还站了起来。等到我想起自己是最前排，慌慌张张想要重新坐回去的时候，才发现好像没有这个必要。

“大家都站着呢，所以就站着也没关系的。”

豚困一边说着也在一边站了起来，抬头看着烟花。后面的同学也一样。广场上稍微有一些坡度，站起来好像也不影响大家看清看板上的内容。真是不错的设计啊。

“虽然平常因为是透明的所以看不到，御神乐学园的校园是整个笼罩在一个封闭的圆顶之下的。现在是把广场上空的部分圆顶调整成了不透明的状态，来确保活动的演出效果溜咿。”

正在我想不明白是什么原理的时候，毕咪就很简单易懂地给我做了个说明。顺便一提，烟花和冒出来的烟也都不是真实存在的东西，好像只是控制光照做出来的效果。简直就像魔法一样。

伴随着梦幻的音乐，光影效果又持续了一会儿，

“啊，又亮起来了？”

幽暗的效果结束，广场又恢复到了活动开始之前的气氛。不过音乐并没有停止，还渐渐加快了节奏。

“我本来以为公布名单会搞得很严肃，结果倒是很欢快呢。”

虽然因为有音乐，不太听得清说话的声音，豚困好像也挺意外的样子。一边掏出终端回复兔丸的留言，一边抬头看着又恢复成原样的蓝天。

困在厕所里的兔丸说了什么呢？我凑过去看了一眼豚困的终端屏幕——

“我马上就能出去了，你们一定要想办法拖住活动等到我去了再开始呢！”

上面写着荒诞的要求。而且马上就能出去什么的，这种情报我们根本不需要。

豚困盯着那条消息看了一会儿，眉头都没皱一下就收起了终端，好像什么事都没有发生一样看向了公布对战表的看板。

真不愧是豚困，对付兔丸已经驾轻就熟了呢……

音乐声突然变小，通过不知道设置在哪里的扩音器，传来一个通过麦克说话的声音。

是一个我听过的声音，这个人是……

“终于到了要发表新人战淘汰对战表的时间了！接下来由我漫画研究会会长，同时兼任漫画研究会代表的三年级学生二

宫时雨为大家主持这次的活动！”

是时雨啊。我本来还想把他当成是声音相像的其他人，就这么听过去算了，但是他自报了姓名，我就无路可退了。

他站在一个设置在淘汰对战表看板前面的小舞台上，对着聚集在一起的学生们挥着手。

“呀啊——！”

难以置信，女孩子们都在热情地声援他。大家都被他骗了！快醒醒啊！

因为我就在最前排的最中间，现在想要隐藏自己已经来不及了。不出所料，时雨一看到我，马上就双眼发光，用力地加快了挥手的速度。

“啊啊，真是太丢脸了……真想找个洞把他埋进去……”

“那不就死了吗溜咿？应该是找个洞钻进去吧？”

虽然毕咪拦住我不让我冲动，我倒是觉得这个表哥只是被埋起来肯定不会有事的。因为他的生命力实在是太顽强了。

我知道时雨应该也参加了那个讨论新人战的会议，也猜到他肯定会以某种方式参与在其中。对于早晚会看到他出现在我面前这件事，也早就做好心理准备。可是，这也太快了吧！

这真是让我难以接受，我一边默默地看着时雨游刃有余地主持活动一边生着气，等着淘汰对战表看板上那层幕布掀掉的那一刻。

这块看板实在是太大了，恐怕很难在拿掉幕布之后马上就找到自己的名字。因为活动还在进行，也不能靠近找。

这样一来，直接从终端上查找好像还更快一些。

不知道豚困是不是也和我的想法一样，虽然厕所里的兔丸还在继续发着消息，他却毫不犹豫地关掉了消息窗口，准备随时确认对战对手的信息。

“真是挺紧张的啊。尤其不想抽中戏剧部的同学呢！”

虽然多半不会发生那样的偶然，如果真的是那种结果。我的心情一定会很复杂。

“不管对手是谁，我都不会手下留情的哦。”

豚困说这句话的时候，声音中有点无所畏惧的感觉。

“我也会尽全力去争取胜利的！不对，如果对手是兔丸的话，我会发挥出超过自己能力的力量取得胜利的！”

“你跟兔丸有什么仇溜咿……”

在我们谈话间，舞台上的时雨将情绪煽动到了最高点，观众的热情也空前高涨。整个广场的气氛就好像马上要开露天演唱会一样。

这样一来，我好像也能理解为什么不参加新人战的高年级同学也会特意过来参加活动了。

在御神乐学园里，对抗战就是这么有存在感的活动。

不知不觉间，我已经咬紧了牙关。更强、更强。那种想要尽快开始战斗的欲望正在膨胀，马上就要爆发了。

时雨给出信号之后，巨大的幕布就被掀掉了。喧哗的声音在整个广场上回荡。紧接着，身边传来有悲有喜的叫声。

环顾一下周围，正在看自己的终端的学生占了大多数。看起来，在幕布掀开的同时，对战对手的情报好像已经发送到每个人的终端上了。

“我的呢？我的对手是怎么样的？我说毕咪，快告诉我要怎么看——”

“你，你快冷静点溜咿！你的终端都顶到在下的脸了溜咿。这样子在下要怎么告诉你啊溜咿……”

看来是我太过兴奋了，一个不注意就把终端紧紧压在了毕咪的脸上。

“是用邮件发过来的，你看。”

旁边的豚困把自己的终端递过来给我看。

“真的啊！上面不但有名字和所属活动部门的信息，还能看到照片和简单的个人介绍呢。”

豚困的对手好像是隶属于吹奏乐器部的女孩子。不过我对那张脸并没有印象，大概不是我们班的吧。

此外，还有比赛的时间和地点，裁判的名字等内容都明确写在上面。

“照理说，今天之内那些有看头的对战组合，或者是有希望获胜的学生的介绍特辑之类的内容，都会被新闻部的成员写成报道发表了吧。对照那些报道来研究淘汰对战表也别有一番乐趣呢溜咿。”

毕咪一边很在意地揉着自己脸上留下的终端的痕迹，一边进行说明。

“哼哼，总觉得会有坏孩子下注去赌谁能在这场大会中获胜呢……”

能想到这一点的我可能也有点奇怪吧，但是学生们肯定会讨论谁能获胜，这种热潮继续发展下去，最后应该有可能会变成那样的结果吧。

“啊，那个会由学校官方来组织的溜咿！”

“看起来应该是的。啊，你看这里。”

豚困又在终端上操作了几下便拿给我看。上面显示着的，是豚困和他的对手的情报。不过画面上除了这些内容之外——

“上面还显示了期待度呢！而且数据还在实时变化！”

每个学生都被分别设定了期待度，有人投票的话，这个数据就会上升。

“下了赌注之后，直到胜负结果出来之前，都不会明确显示出赔率的。要根据期待度自己去推测，然后赌你觉得会获胜的那个学生就行了溜咿！”

看起来学校方面是觉得这种事与其让学生私底下偷偷搞，还不如由学校直接控制来得更好一些。

可是真没想到会做到这种程度呢。虽然下注时用的不是钱而是绩点，但是这样真的好吗……

顺便一说，现在显示出来的期待度数值，豚困是400，而他的对手则是200。即使接下来还会有一些浮动，现在看起来大概可以推测豚困赢面比较大吧。

而且，如果新闻部的报道发表了，期待值也会受影响发生比较大的变化吧。

“我觉得自己是不会被这个数字影响的呢。”

虽然这么说了，不过豚困好像还是很在意，视线一直围绕着终端扫来扫去。

然后他好像突然想到了什么一样，开始在新人战的页面上搜索兔丸的名字。而显示出来的结果则是——

“兔丸显示的期待度，是0……”

“感觉好像看到了什么不该看的东西溜咿……”

巨大到残酷的字体，显示着一个明晃晃的○。幸好兔丸现在不在场……

“那么，你的对战对手又是什么人呢？”

“对啊！完全忘记看了！”

豚困好像准备当作没看过兔丸的情报，把终端收起来后就来问我，我这才想起还没看过自己的对手的情况呢。

我胸口砰砰乱跳，操作终端打开了邮件。

“啊，如果是我喜欢的类型的女孩子就好了……”

“你还以为现在是要看相亲的照片吗溜咿！那可是你的对手啊！”

好啰嗦啊，这我当然知道啦！只是想反正都要打，当然可爱的比较好啊！

我撅着嘴，打开了对战对手的情报内容。出现在我面前的名字是——

“书道部 花袋明香”

“第一场的对手是小花袋啊？”

小花袋，就是那个曾经被我称作小睡袋的那个小花袋。虽然我也希望是同名同姓的其他人，但是那张照片就是小花袋，就是那个可爱的小花袋啊。

这张照片要怎么操作才能保存下来啊，太可爱了——我脑子里还在想着这些无关紧要的东西，可以说是相当混乱。

因为是淘汰赛，我当然早就想到，只要一直战胜下去，早晚有可能要和自己的朋友战斗。

可是，没想到第一场就是朋友啊。

“安排对战对手的时候，首先就是尽量让大家多打几场才会遇到自己部门的同学，至于其他部门的，就完全是随机分配了溜咿。”

“这样啊。那也没办法了……”

我原本很兴奋的心情确实有些低落下来了。

虽然很消沉，但还是去看了一下我的期待值数据是多少。

“呀啊啊——！怎么会怎么会怎么会！竟然有4800！”

我本来是抱着只要比兔丸高就可以了的心态去随便看看的，结果我的数据竟然有这么高。

“新闻部的报道对这个结果有很大影响呢，而且认为绘留奈有希望获胜的人也不在少数，这没什么可吃惊的啦溜咿。”

当然会吃惊的啊！我原本还想着如果数据是0，那我就自导自演自己给自己下个注，让数据多少能高一点呢。

虽然系统可能不支持那样的做法，但是也没想到竟然是完全相反的情况。

“做你对手的那个书道部的女生，现在的期待度是200呢。不过我觉得你不能因为这样就掉以轻心。”

豚困还看了一下小花袋的数据。正如他所说的，这个期待度是外界推测的数据，并不是直接显示双方实力的数据。如果信以为真导致掉以轻心的话，就真是愚蠢到家了。

广场上到处都是看完对战选手情况之后，准备要去收集对方情报的学生。还有坐立不安、干脆就朝有练习房的建筑出发的学生。

“呵呵，我也想活动一下身体啊！再这样下去我可要忍不住了！”

虽然时雨那边的主持工作还在继续，他说的话我却一句都没听进去。所谓的坐立不安，就是形容我现在的状态的吧。

“赤间代表不是说了吗，今天是让身体休息的日子。他现在是教导我们的人，你不准备听他的安排了吗？”

我觉得豚困现在一定跟我是一样的心情，可是他就冷静得多。不过，我也能从他的眼里看到安静燃烧的斗志。

“说得对啊溜咿。并不是练习越多就能变得越强的溜咿。”

“虽然可能是很有道理，你们两个说的都对，这我也无法反驳，可是我现在要怎么发散这份激情啊！”

其实，现在最让我烦躁的是，其他学生的介绍里都有所属部门的内容，而介绍我的页面上那一栏却是一片空白。

我想尽快在那里填上部门的名称。为了实现这个目标，我就必须不断获得胜利向大家展示我的能力。

我喘着粗气准备离开广场，豚困看都没看我一眼就一把抓住我的围巾把我拉住了。

“啊！果然是一宫同学！”

说话的，是小花袋。

“我也是到广场来等淘汰对战表公布的，结果就看到主持活动的二宫前辈一直在对着一个人说个不停，就觉得说不定是一宫同学！”

“——小花袋！就是那样啊，就是的嘛！时雨那个笨蛋都忘了自己是在主持活动，还站在舞台上就像平常一样找我说话。当然我根本就没理他。”

刚才还因为时雨表现得太过明显，导致连豚困都来问我：“那个前辈是你认识的人吗？”

我直接回答说完全不认识他，结果时雨站在舞台上就呜咽起来了。

为什么那个表哥总是这样呢？总觉得小时候他好像和现在

不一样啊。还是说是我美化了自己的记忆呢？

“还有，一宫同学……你已经看了吗？”

小花袋有点尴尬的样子，瞄了一眼那块公布了淘汰对战表的看板。

看她这个样子就知道，小花袋已经知道她在新人战中的第一个对手就是我了吧。

到底应该怎么做，用什么方式开口，做出什么样的表情，怎么回答才是正确的呢。

开学第一天就认识，还是一个班的同学。后来我去各种各样的部门体验入部活动并不停失败的过程中，她也一直关心着我的情况。

结果，第一场战斗的对手就是这个好朋友……我到底应该怎么回答呢。

我考虑的时间，实际上就只有几秒钟。可是感觉上，却好像过了永远那么久。

在我不知道怎么说才好的时候，小花袋突然双手紧紧握住了我的手。

“嘿嘿，我们在第一场就要对战了呢。虽然很吃惊，就让我们好好打一场吧？”

小花袋笑着对我说。虽然看得出有一点寂寞的感觉，她握着我的手却相当温暖。

还在烦恼应该怎么说的我真是傻瓜啊。对啊，这么说就可以啊。

“小花袋，我不会输的！我们都尽全力战斗，打完之后还要再像这样握手哦！”

“好的！”

“然后然后，还要拥抱然后亲吻再一起睡睡袋哦！”

“那个就不用了……”

我们相视而笑，约好了各自都要努力。

对抗战是有相应规则的正规竞技比赛。即使对手是自己的朋友，也没什么可顾虑的。

因为我握着她的手不放，小花袋不得不借助毕咪的力量，最后基本可以说是用力甩开了我，然后就走了。

在我战胜了小冰见的第二天，小花袋在饭店里曾经那样为我高兴过。

我们这次的战斗，一定不能让她的那份喜悦之情蒙羞，我强烈地如此认为。

舞台上，时雨还一直持续进行着活动主持的工作。

在淘汰对战表公布之后，广场上聚集的学生不但没有减少，反而还有所增加。

应该还有很多人是看邮件确认了对手之后才来的吧？看起来大家都很有干劲的样子。

当然了，我和豚困也是一样的……还有在厕所里看过自己对手是谁的兔丸，肯定也是一样的。在人数如此众多的一年级学生中，要获得最终的胜利会很难。可是，正因为很难，才更有价值。

“看舞台上溜咿，现在好像正在介绍有实力的参赛者溜咿！”

“真的啊，我记得刚才好像还没开始播放那些视频呢。”

就像毕咪和豚困所说的，时雨所在的舞台上，开始播放投影在空中的视频片段了。

视频中的人动作激烈，像艺人的宣传片一样经过精美的剪辑，吸引了广场上所有学生的目光。

这场景有点像格斗竞技的选手介绍，全都是能激起大家斗争精神和期待的内容。

视频中有一个学生正在进行练习，动作被剪辑成了快节奏的片段拼接，让人不禁会想:这些视频是什么时候拍摄的呢。

这个过程中，音乐的节奏也越来越快。

“接下来将要向各位介绍的，都是今年最值得推荐的备受瞩目的学生！”

说话的当然还是时雨。看起来这应该也是活动主持人的工作之一。

这个时候，我已经有了相当不详的预感了。我也只能拼命祈祷这个预感不要成真了。

完全没有察觉我的想法的时雨，用夸张的动作介绍着一个接一个的学生。

“首先，只是一年级新生却已经登上天文部代表之位的这名少年！射水明日同学！他现在的期待度数值是今年目前为止最高的9400分！作为本次新人战冠军的最有力竞争者，这个数字接下来还会继续上升吧！”

时雨介绍的时候，他身后正播放着明日同学的视频。看起来好像正在进行某种练习，视频中的明日同学不再是平常那种文静的样子，让我看到了他的另外一面，不得不说这很有观看的价值。

“明日同学，已经是天文部的代表了吗？好厉害啊。”

“好像是前几天才刚刚决定的溜咿。虽然一年级就当上部门代表的情况也不少，但是确实很少发生在类似天文部这样，历史悠久部员众多的部门溜咿！”

明日同学看起来就像是天使，而在对抗战中的表现又很强……神真是不公平啊。有机会的话，把大家召集起来，给他开一个就任部门代表的庆祝会吧。

“接下来是来自广播部的新人——远石遥架同学！与让人心驰神往的美丽声音给人的感觉不同，利落的动作早就得到诸多好评！现在的期待度数值是5200。广播部相对来说是一个比较小的部门，大家都很关注她能够一路战胜多少对手。”

与明日同学的视频不同，现在播放的内容看起来简直就像是单纯的校园生活偷拍。当然了，时雨介绍时所说的那种利落的动作也完全看不出来。总的来说，那是一个像偶像明星一样可爱的女孩子，证据就是广场上的男生群体中响起了一片欢欣的喊叫声。

“摄影师干得好！多拍点！从下面拍点仰角！”

“绘留奈才是最欢欣的一个吧溜咿……”

我正看得开心的时候，视频就播放完了，对此我忍不住撇了撇嘴。

出场学生的介绍又继续了一会儿，我时不时感叹着“还有这样的部门啊”之类的，看得津津有味。

“终于要介绍最后一位同学了！不瞒大家，这位同学正是我二宫时雨的可爱的可爱的表妹！要说我们之间的感情，那就是她小时候就说好了将来‘要做时雨的新娘’！是一位虽然没有所属部门，却曾经达成了击败书道部八坂冰见同学壮举的美少女！她的名字就是一宫绘留奈！”

“快别说了！不要这样介绍我！我就知道时雨会做这种暴露我们之间关系，而且还添油加醋让人难堪的介绍！我真的不喜欢啊，快别说了！”

我的惨叫并没能阻止时雨，介绍视频也在继续播放。我不想看，我什么都不想看了！

“这是什么视频啊？这是你本人吧？”

豚困提问的时候还是维持着一直以来的那种态度，但是我却感觉比平时更加冷淡。

毕竟，我虽然只能从自己遮住眼睛的手指缝之间看到视频的内容。也看到上面净是我上幼儿园的时候做游戏的场景啦，上小学时参加运动会穿着体操服的样子啦，圣诞节的时候袭击打扮成圣诞老人来送礼物的时雨，还把他的东西连袋子一起抢走之类画面。

不管是哪一段，都绝对不应该是在现在这个时候播放的内容吧？

“绘留奈真是从小就已经是绘留奈了溜咿……”

“根本不需要你来确认吧！喂！时雨！别放了！”

我无法继续忍受，直接跑到台上去勒住了时雨的脖子。

之前播放的介绍影片，都是引发了观众的阵阵欢呼，只有播放我的片子的时候，到处响起的都是笑声。

我才不想要被大家当成笑料啊！这可是表现自己的关键时刻啊！

虽然我已经掐得时雨几乎不能呼吸，但视频当然不会因此而终止。

等到这个基本等于我的成长记录的大长篇终于还是全部播放完毕时，这天的活动也就到此结束了。

*

有两个人站在广场的一角，旁观了整个混乱的过程。

这里距离舞台和淘汰对战表的距离都很远，周围也没有其他人。

面带微笑看着那名少女冲到舞台上捣乱的，正是回家部的代表——御神乐星锁。

自从新生欢迎会之后，她还是第一次出现在人潮如此汹涌的地方。

在她身边，是端正坐在发动自己能力开出的大朵鲜花上面的花道部代表——凑川贞松。

他从旁边看着星锁的笑容，好像看到了什么难得一见的东西，然后转头看向还留在舞台上的少女。

“你相当喜欢她呢……为什么不让她加入回家部呢……我可以问问吗？”

舞台上喧闹的声音远远传了过来，他眯起眼睛看着，安静地提问，还啜饮着一杯不知道是怎么泡出来的热气腾腾的绿茶。

被提问的一方，好像思考了一下应该怎么回答。

“因为那个孩子身上有吸引别人的‘某种东西’。”

她用仿佛别有深意，又很肯定的语调说。

“——我想看看这个可能性会发展成什么样子。”

*

对战表公布之后，我每一天都忙得团团转。

每一天的生活都很充实，明明应该很疲劳，却经常会睡不着。一天只有二十四个小时，这完全不够用嘛！最近我经常会这么想。

明天就是新人战了，是我去戏剧部学习的最后一天。夕阳照进活动室，晃得我眯起了眼睛。练习已经结束，我一个人留下来进行最后的整理。并没有人要求我这么做，是我自己想做才做的。

赤间同学、喵美琳前辈还有熊野同学前辈，一直以来都亲切地教导着并不是戏剧部成员——也就是部外人员的我。再加上兔丸和豚困，也和新人战里必将成为对手的我一起努力着。

我心里，现在满满的都是感激之情。

当我直接把这种感觉说出来的时候，喵美琳前辈就像平时一样温柔笑着摸了摸我的头。

熊野同学前辈连句尾词都忘了说，一边叫我留在戏剧部，一边哭了出来。

兔丸还是很爽朗，表示:“我们要一直在新人淘汰赛中取得胜利，最后在决战碰面呢！哇啊，真是特别青春呢！”

豚困摘下了口罩，笑着对我说:“我很支持你创建新部门。以后也要经常过来玩哦。”

其他人好像还从来没看过他口罩下面的真面目，这时候就全都瞪目结舌，然后马上就闹了起来:“豚困不是豚困吗？帅豚！是帅豚吗！”

“豚什么的，就没有什么办法能不再用豚这个字了吗？让我再次说明一下，我的本名是……”

正在他马上就要说出来的时候，兔丸一个冲撞扑了上去，结果这次还是没能说完。

“豚困你这个背叛者！虽然没有什么理由，但我就是觉得被你长着的这张脸背叛了呢！”

虽然气氛一度变得比较低沉，最后还是又闹了起来。

初学者讲习……放学后SIX，顺利结束。

然后，我现在一个人，在这里等着练习结束前的一瞬间突然消失的、不知道跑到哪里去了的赤间同学。

其他人要么去洗澡，要么去吃东西，现在都没在活动室里。

“刚才还那么热闹呢。”

我嘀咕了一句。

虽然每天都很辛苦，我脑子里却不断回想着那些更加快乐的片段。

收拾房间的时候，不经意在活动室的一个角落的阴影里，发现了一些藏起来的以大猩猩为主题的装饰品。

“难道说，这是喵美琳前辈为我做的吗？为了可能说要加入戏剧部的我，能有服装用得上……”

心里有某种东西正在一点一点地扩散开来。我真是一个幸福的人。

虽然说如果我加入戏剧部，那模仿的动物肯定就是大猩猩，昵称也会变成猩猩奈，这方面倒也不是不让人觉得微妙。

虽然我要创建自己的部门，无法加入戏剧部，但是下次再见到喵美琳前辈，我会问问她这些做好的饰品可不可以给我。嗯，就这么办！

我拿着这些饰品坐了下来，然后就发现门口有人。

“辛苦啦，是吧？从今天起放学后SIX就要解散，成员也各奔前程了。这样明天戏剧部也能恢复成原本和平的状态了，太好了。”

“赤间同学……”

不知道他是什么时候开始站在那里的。他说话的态度与平常并没有什么不同，眼睛盯着我拿在手上的饰品。

“好像是，要分别一样。我不喜欢这种气氛。所以才想说等大家都走了之后再回来的。”

他这番话好像并不是要说给谁听，只是自言自语一样在活动室中回响。

“这才不是分别呢！下次我会带着我们部门的很多成员一起来的，要一起搞活动还要合宿呢！我们要从放学后SIX，变成……那个，变成放学后MILLOIN的规模！”

“不对不对，MILLOIN可是一百万人呢。你就是单纯喜欢这个词的读音是吗？这里哪能容得下那么多人啊！”

他苦笑着挑我话里的毛病。总觉得他那双眼睛，比我第一次看到他的时候更温柔了几分。

“——有一件事，我希望小一宫你能告诉我。”

“嗯？”

“小一宫你，应该已经发现了吧？”

“咦？”

他脸上的笑容就像从来没有出现过一样，一下子就不见了，声音里也透着一股认真。

看着他的表情，我就知道赤间同学要说什么了。

“为什么，你明明发现我的态度都是装出来的，却什么都没说呢？为什么不像以前那些人一样，发现了就远离我呢？”

赤间同学这么说着，像是故意要伤害自己一样，像要深深挖开自己的伤口一样，像要赎罪一样。

——沉默包围了整间活动室。

为什么要这么勉强自己呢？我不禁想着。

赤间同学过去曾经经历过什么，我不知道，也没想过要去问个清楚。

所以对于我来说，赤间同学就是我在御神乐学园认识的，同为放学后SIX的一员，一起度过了很多时间的、有点笨拙的男孩子。

我觉得，这并不是需要想得太深的事情。

我想要告诉他，他这样子就是把事情想得过于深刻了。

“又不会因为发现了就不能做朋友啊？而且……”

我这满不在乎的回答，似让赤间同学吃惊得都有点合不上嘴了。

“——而且呢，我觉得大概戏剧部成员们也都发现了吧？

虽然发现了，可是这样的一面也是赤间同学的一部分啊。我觉得大家是连你的这一部分也很欣赏，也很喜欢的吧？”

完全没有缺点的人，大概是不存在的。想要隐藏自己的缺点，也完全没有什么可奇怪的。

我想大概每个人潜意识中都会或多或少这样做。即使是我也是一样的。

而我觉得，赤间同学的情况，是他认为自己的这部分比一般人多得多吧。所以才会有一种负罪感。

“咦？部员们也……发现了？不，不可能会……”

赤间同学一只手狼狈地按在脸上，好像要阻止一张看不见的面具掉下来。

这时候，一大群部员从活动室的门口走了进来。走在最前面的是放学后SIX的几个人，人数多到置信的程度。

“唔……”

“游兔啊，其实你的演技并没有你想象中的那么好哦？都认识这么久了，你还以为我们会没发现吗？”

喵美琳前辈恶作剧般地笑着说。

“就是呢！虽然不知道为什么会这样，但是就连一年级的我也发现了呢！可是，即使赤间前辈平常的样子全是演出来的，我们对前辈的喜爱之情也是不会改变的呢！”

兔丸眼角已经泛起了泪花，嘴里说着很温暖的话。

“原来你一直在为这种事情担心的啦！为了这个就要疏远

戏剧部的人，根本就连一个都没有的啦！”

熊野同学前辈说完，其他部员都很赞同地拼命点头。

这个场面让赤间同学无言以对，他缓缓地环顾着大家，凄然一笑。

“是吗……是这样啊……”

他只是勉强说出了这两句话，整个脸庞就都皱了起来，又哭又笑的。

这个表情，肯定不是假装出来的表情，而是赤间游兔真正的……最纯粹的笑容。

这些透明的眼泪，里面没有一丝一毫的虚伪和谎言。我是真的这么觉得。

部员们都冲到了赤间同学的身边，大家堆在一起挤得乱七八糟。

当然我也加入进去大闹了一场。

“我觉得，从今以后我大概可以不做那些让人难过的梦，可以睡个好觉了……”

赤间同学的低声细语被喧闹声所遮盖，没有传入任何人的耳中。

*

“今天要喝个够！看嘛，大家都来了哦！”

好不容易终于解放了，我回到自己的房间刚要喘口气，擅自开门闯进来的小一宫说的第一句话就是这。

“你说真的？”

真的真的！她说话的过程中，戏剧部的成员们就一个接一个地进来了。

每个人都换上了自己日常的衣服，看起来是特意解散一次之后，回房间换了衣服才来的。

虽然并不是所有人都来了，但是已经远远超出我这个不算小的房间所能容纳的人数了。

“赤间代表要喝什么？果汁有一大堆哦。”

虽然是第一次进入这个房间，豚困却非常冷静地擅自打开冰箱，还把果汁都放进去。

“说要喝个够，结果是喝果汁啊……”

“对啊。还都是小孩子，果汁就行啦。来吧，干杯！”

喵美琳早就打开了一瓶罐装果汁的拉环，一边喝一边说。

“噗哈！”

为什么喝个果汁还能好像喝醉了一样的啊！

其他的部员也在房间里各自找了地方，随意地放松下来。

“搞什么啊，真是的……”

我决定放弃思考，接受他们的安排。

想怎么做就怎么做吧。

总是没有任何声音的这个房间，现在里面有我的伙伴，还能听到大家的欢声笑语。

这个事实，总让我觉得不可思议。

“兔丸，快找找是不是藏在那个沙发下面了！仔细看看！肯定是藏在某个地方了！”

“交给我就行了呢！因为赤间前辈也是男人呢！那种书肯定也有个十本二十本的呢！”

小一宫和兔丸光明正大地在我房间里翻找，这对话也实在太离谱了，我默默地踢飞了他们。

这让房间里的欢乐气氛更加浓郁了。

时间就在这样的情况下不知不觉间流逝。

不知道什么时候，我睡着了，又做了梦。

像平常一样，弟弟又出现在我的梦里。

“游兔哥呢？游兔哥为什么不一起走？喂，为什么啊？”

“那孩子要和爸爸一起生活了。来吧，我们走。”

这个场景我不知道看过多少遍。已经够了吧？希望不要再继续让我痛苦了。

虽然我很想不要再看下去，可是这是在梦里。我只能在那里，什么也做不到。

可是，今天的梦里，有了之前从未有过的后续。

和弟弟分别的时候。那是现实中曾经真实存在过的场景。为什么我却完全忘记了呢？

为什么我心里的某个角落，会去憎恨我的弟弟呢？

“——游兔哥，虽然我不知道是怎么回事，但是我很快就会回来的。等我回来之后，我们再一起玩奇迹超人的游戏吧！”

他脸上还是那个黏人的笑容，虽然自己还是小小的孩子，却总是反过来在担心我。

他一次又一次回过头来，直到再也看不见，还为了让我安心而笑着。

是哪个故事里提到的来着？“这个世界上每一个小孩的出生都是受到祝福的”。

是一部电视剧吗？还是一本小说呢？

从睡梦中醒来，看着房间的天花板，我终于想起来了。这个故事，是我和弟弟一起看的电视节目，奇迹超人里面的情节。

虽然这归根结底是一个幻想故事，纯粹是编出来的……只是一个虚构的情节。我却觉得，也许我可以再试着去相信一次。

我揉揉没睡醒的眼睛，迈过地上睡得横七竖八的部员走到了镜子的前面，看着里面映出的自己的脸，然后我就发现了。

“啊，真难为情。难道我是个弟控吗……”

本来只是想要模仿弟弟的笑容而已，可是却不只是那样。被我当作理想一直在扮演的，一直在追求的……

也许根本就是弟弟成长之后可能会变成的样子。

不经意间，又有一行泪水流过脸颊。

“爱哭鼻子这一点，也像弟弟一样呢。”

可是我觉得这可能不是为了扮演而刻意模仿出来的。

只是因为我们是兄弟，所以“相似”而已。

我用袖子擦着眼泪，又看了看四周。乱七八糟的房间里，每个人都找了一块地方睡了下来。

“哪里也……找不到奇怪的书，不应该呢……难道说赤间前辈喜欢的是男……唔！”

我抓住说梦话竟然都说得很清楚的兔丸的鼻子，故意让他难受。

被撇到一旁，只有自己被放逐到很远的地方。我已经知道，我不需要再有这种担心了。

我，并不是孤单一人。

我回到自己睡觉的位置，再次闭上了眼睛。

——因为对于梦境的恐惧，已经消失得无影无踪了。

第五乐章 开幕！新人战

终于到了今天，新人淘汰战的第一天。

因为对战场次过于繁多，作为仅次于“期中初战”和“期末决战”的一场大型活动，新人战期间是不上课的！

因此，一大早马上就要开始第一轮的战斗了。

“重要的一场战斗，已经准备得当本来应该是游刃有余的啊，为什么会变成这样啊？毕咪，你叫我叫得太晚了——！”

“因为在下根本没听说你们都跑到赤间同学的房间去住了溜咿！发现你没在睡袋里之后，在下还担心你是不是睡迷糊了，自己摇摇晃晃地走到什么地方去了，所以还特地到处找了个遍呢溜咿！”

“呃，很抱歉……”

在早晨清冽的空气中，我正用尽全力狂奔着前往指定的比赛会场。

这么一说，确实忘记告诉毕咪我留在赤间同学房间里的事情了。

“毕咪你来叫我起床的时候，赤间同学的房间里竟然只剩下喵美琳前辈和我了，真是吓了我一跳！而且喵美琳前辈根本怎么叫都叫不醒嘛！”

“她是三年级了，又不用参加新人战，没关系的溜咿。”

虽然是这样没错，但是戏剧部的成员们参赛她不看了吗？我还是希望她能看看啊。

只要喵美琳前辈给自己加油，就能爆发出比平常更大的力量，这样的部员肯定有很多啊。

没错，我当然也是其中一个。

其他人好像早些时候已经离开了赤间同学的房间，回去换个衣服啦或者去吃个早饭什么的。

虽然如此，那明明是赤间同学的房间，结果却连赤间同学本人都不在，真是出乎我的意料。

倒是熊野同学前辈留了一张纸条：

“因为看你一副世界毁灭都叫不醒的样子，所以大家就先走的啦！今天不要输的啦！熊野同学留。”

纸条上的字圆润而又特别可爱，很有女孩子的感觉，这让我一大早就很开心。

起来之后马上就回自己宿舍，用最快的速度做好最基本的准备，然后就开始像现在这样跑了起来。

第一回合时间定得比较早的学生，想必这时候都已经开打了吧？

学校内摆出了好多路边摊，一股学园祭般的气氛在整个学校之内散播着。天空中还飘浮着巨大的飞船，飞船侧面的屏幕上显示的是某处的会场，上面实时播放着比赛的画面。

不知道是真的还是做出来的视觉效果，我还能看见无数的气球向上飘着。

另一边，穿着布偶装的吉祥物手头正在派发的，是新闻部制作的号外。

四周有坐在长椅上手持终端通过投影观战的男生，也能看见正快步走向想看的比赛所在会场的女生。

高年级学生都很放松，正作为观众享受着这一年的新人战。

“对了对了，只是买个章鱼烧应该可以的吧？”

“可以什么啊溜咿！你看看终端！你的比赛马上就要开始了溜咿！”

“咦。可是可是，那可是章鱼烧啊！”

“在下完全不明白你的‘可是’是什么意思溜咿……”

虽然无法释怀，但是迟到了的话可就太难看了，所以我还是按照毕咪的意思忍耐下来。

今天我只安排了第一场比赛，结束之后还可以慢慢去逛这些路边摊嘛！

虽然我完全不觉得自己会输，但是不论输赢我都想和小花袋一起回来。

我跑过喧闹的主路，以钟楼为参照物埋头猛跑。

“绘留奈，那个……不是赤间同学吗溜咿？”

“嗯？在哪在哪？”

毕咪指着的方向，是钟楼的屋顶上。我把手放在额前遮住阳光，朝那边看去。

“啊，真的！赤间同学！我会活用你教给我的知识努力战斗的！”

他站得太高了，我不太确定自己的声音是不是能传到那么远，总之还是大声喊了出来。

赤间同学好像早就看到了我，轻轻地挥了挥手。

然后动了动嘴唇，好像说了什么。

“什么？我一点都没听到啊——！”

我带着不满又喊了一次，结果他就对我做了个的手势，好像是在表示要我别在意，赶紧去参加比赛。

虽然还是有些在意他到底说了什么，不过比赛之前能见到他真是太好了。

把对战时应该采取的行动方式不厌其烦一点一点从头教给我的，正是赤间同学带领的戏剧部的前辈。

现在就好像在做最后的叮嘱，又在我的背上推了一把一样。

“虽然没有听到赤间同学的声音，在下还是可以通过嘴唇的动作看懂他刚才说了什么的溜咿。”

毕咪很高兴地抬头看着钟楼，自言自语着。

——谢谢啦。

赤间同学的低声细语，就这样随风消散了。

一段时间之后，我终于赶到了比赛会场。

那是一座模仿中世纪角斗场风格的建筑物，不过面积上要小一些。

即便如此，这个会场在为数众多的场馆中，也是属于能容纳比较多观众的一个。这好像是在淘汰赛的对战情况公布之后，豚困告诉我的。

我把终端靠近装置，参赛受理就完成了。

“已经没有时间去休息室了溜咿！不马上去比赛场地可就来不及了溜咿。”

“咦，难得有机会我还想多看看呢！”

走过一扇很有气氛的大门，穿过昏暗得好像一条隧道的走廊，出现在眼前的是——

“呜哇，这什么啊？真是相当帅气啊！”

“这里就是比赛场地了溜咿！在下也会在观众席上观看，加油溜咿！”

毕咪说完，就飘飘悠悠地飞走了。

毕咪一直以来也在默默地帮助我，还说愿意做我的新部门的顾问，我还是非常感谢它的。

当然，这话当着它的面总觉得不好意思说出口，所以我便对着它越飞越远的背影，行了一礼。

在毕咪飞过去的那片观众席上，还能看到兔丸、豚困还有熊野同学前辈的身影。

兔丸和豚困的比赛好像都是在下午，他们是在比赛前来为我加油的吧。

“耶！我会努力的大家看着吧——！”

我当场又蹦又跳，还抛起了飞吻。兔丸莫名其妙地做出了躲避的动作，而豚困还是我行我素一动也不动。一旁的熊野同学前辈却不知为何，摆出了一副不知道该怎么办的样子，还红了脸。

我对他们每个人都挥了挥手，转头看向整个观众席。

同一时间其他的赛场上应该也在举行比赛，我很吃惊竟然第一轮就有这么多观众来看。

还能看到以小冰见为中心的书道部的啦啦队。

“就像戏剧部的大家会支持我一样，书道部也会支持小花袋的啊。”

身边有能助自己一臂之力的伙伴的，并不是只有我。

我从口袋里拿出了那些模仿大猩猩的饰品，紧紧地握在手中，这是昨天晚上问喵美琳前辈要来的。没错，为了今天的胜利所背负的重担，还有强烈的取胜愿望，我都有自信不会比任何人差。

我的视线又转回到戏剧部成员所在的方向，看到赤间同学正和明日同学一起朝着戏剧部啦啦队的方向走去。

虽然我在这里听不到他们在说什么，可是赤间同学对着明日同学露出的那个笑容却让我印象深刻，就连我都不经意间笑了起来。

他们两个都发现我在看他们，然后一起向我挥手打招呼。

我握拳高举，表示自己一定会勇往直前。

“你们的信息，我都收到了哦！”

我舔了舔嘴唇，切换了自己心里的状态。

做出废墟感的赛场上，有着许多东倒西歪的大石块。这不但可以在对方攻击的时候作为防御工事，也有利于隐藏自己的身形。

虽然我不知道小花袋的能力是什么样子的，但是已经在脑海里构思起不论遭受何种攻击，都能完美应对的战略计划。

比赛还没开始，就已经攸关胜负了。

赛场的正中央是一小片没有障碍物的荒地，隶属于书道部的花袋明香，正闭目站在那里。

她好像已经听到了我的脚步声，便笑着睁开了双眼。

“能和一宫同学对战，我觉得并不能说明我不走运呢。”

“让你久等了……不过你这么说是什么意思呢？”

“你是我的同班同学，又拥有那么厉害的能力，对我来说一直是值得仰慕的人。可是，以书道部成员的角度来说，却也结下了打败冰见前辈的仇。所以，总有一天我们要打一场的。如果赢了你，我也会觉得自己越过了一道高墙。现在，能挑战你的一天终于来了。我觉得我十分幸运。”

“虽然你觉得我是你面前的一道高墙，这让我很高兴。可是这座墙，搞不好比小花袋你所想的还要高哦？接下来就让我来看看，你到底能不能过去吧。”

我们说完话就走近对方，握了握手。

两只手碰到一起的瞬间，我发现小花袋那双漂亮的小手上，已经磨出了好几个硬茧。对战表公布那天我们握手的时候，还没有这些东西呢。

不知道是不是发现我摸到硬茧的时候心情激荡了一下，小花袋又露出了一个和气的笑容。

是的，会拼命去努力的不是只有我而已。

我们放开手，又和对方隔开了一点距离。终端里，传来了距离比赛还有十秒钟的通知。

“你看过期待度的数值了吗？我和一宫同学之间的差距大到完全无法比较的程度，大家都觉得一宫同学比较有优势呢。”

小花袋手中现出了一杆比小冰见的笔小一圈的大笔来，一个转身面向后方，然后又回过头来对我说：

“如果我能够颠覆大众的看法战胜你，应该会让场面变得更加热烈吧？如果一宫同学输了……嘿嘿，也很难为情吧？”

她在用可爱的声音挑拨我。

“不会啊。我会华丽地取胜，用这场首战来炒热气氛的，小花袋。”

就在我回嘴的时候，战斗开始的信号响起。与此同时，赛场上架起了结界，观众席上的加油声也听不到了。

我在结界里面抬头向上看，发现天空中已经变得一片阴郁，好像马上就要打雷闪电一样。

这种现象也只局限在结界之内，外面应该还和刚才一样是一片碧空如洗吧。

虽然有很多可以隐蔽的地方，我却不准备跟对战小冰见时采取同样的行动。

——首先要正面进攻，最直观地测试一下自己现在的力量。

比赛开始的信号响起的时候，小花袋就已经后跳退开，我就像要追上去一样，朝废墟的柱子上跳去。单脚在柱子上一点，沿着折线形一口气就向小花袋的头上扑去。

“抓到你了！”

说着，我瞄准飘浮在小花袋身边的水晶中的一颗，在半空转身，用力甩腿使出了一记侧踢。

“我就知道会这样……呢！”

小花袋说话的同时挥动大笔，像要封死我的侧踢一样华丽地挡开了。我的攻击完全没有波及水晶，自己也在远处落了地。

“哎呀。看起来你不是在说大话呢，小花袋。”

“一宫同学也很厉害。虽然我知道你会跳过来，却也来不及当场反击你的水晶呢。”

那么，她接下来又会如何出手呢？如果要利用赛场的面积绕开的话，就要计算最短的距离去拦截。如果利用地形躲藏的话，就要考虑静下心来打持久战了。

可是——

“我不会逃跑也不会躲起来的。很遗憾，我的基础体力比起你来要差得多。所以，要在还能动的时候……”

她放低重心抓着大笔就朝我冲过来，在我还没反应过来的时候已经瞄准我脚踝的位置毫不犹豫地挥出一击。

“打下面吗？这个地方又没有水晶……”

虽然直来直去的攻击确实是攻我不备，但是没有任何掩护的单一攻势也是很容易避开的。

我用侧空翻避开攻击，接着就准备开始反击。然后，才发现她刚才的那一击就是为了让我做出这个避开的动作。

“我就是要制造这样的机会！没有道具的一宫同学，和使用有攻击距离的大笔的我。在这个距离之内，我必然是有压倒性的优势的！”

在我躲开攻击之后，落地之前，她又冲近了一些，间不容发地以笔作枪向我刺了过来。

“——好快！”

她的速度比我想象中还更快，要躲开就已经用尽全力更不用说拉开距离了。

而且与此同时，即使我把腿伸到极限，这个距离也无法触碰到小花袋的水晶。

“原来如此，你的目的就是这个啊。”

“要怎样才能有这个局面——我战斗时考虑的一直就只有这一个问题。我不会让你拉近距离，也不会让你再跑开了。”

就像她所说的，我完全无法把我们之间的距离拉近到某个程度以上。如果想要退开，就会无法躲开她瞄准我水晶的攻击。可以说是进退两难的状态。

不过，也并不是完全没有解决办法。其实我已经想到了打开局面的方法，但会付出一定的牺牲。不过这并不重要，剩下的就只是确定什么时候开始而已。

我暂时维持着这个距离，继续回应着她的攻击。

稍有轻敌水晶就会被打破。体力上的消耗也很大。不过——

“哈哈，好开心啊！小花袋！”

明明我们是很认真地在战斗，两个人的脸上却都带着笑容。

“是啊。不过，为了让这场比赛开心收场。最后获胜的会是我！”

小花袋在高声叫喊的同时，用尽全力转身挥出了一笔。

“呀啊，好危险！”

在她马上就要击中我水晶之前，我挥拳拍开了她的大笔。时间过得越久，我就觉得她大笔的攻击范围变得越大。

在战斗进行的过程中，小花袋一定也有了巨大的成长吧。

虽然很恐怖，却还是高兴的情绪占了上风。

只是，胶着状态持续的时间越长，很明显就对我越是不利。我必须要抱着做出一些牺牲的觉悟采取行动了！

“可不能永远按照小花袋的打算走啊！”

“是不打算……再躲了吗？”

我故意没有去回避攻击自己水晶的大笔，直朝着小花袋的

怀里扑了过去。

我的其中一颗水晶，发出了激烈破碎的声音。不过，这是必要的牺牲。

因为我不做防御揉身而上，之前一直维持的距离一下子缩短了。小花袋虽然慌忙抽笔想要做出防御却没赶上，我也成功握住并捏碎了她的一颗水晶。

这样一来，我们两个人的水晶就都碎了一颗。

“好！这次我不会再让你有机会了！”

只要我紧跟着她不让她退后，她的大笔也就挥舞不开。可惜虽然我想要继续破坏她的水晶，却被她用大笔的笔杆想方设法地拦了下来。

如果说刚才一直是小花袋的攻击节奏的话，这次毫无疑问已经是由我来控制攻击节奏了。

只要这个节奏不被打破我就能赢！

然而就在我稍微有些放松的那个瞬间——

“本来我还想尽量不用这个就取胜呢，看起来是没有那么容易啊。”

小花袋运起笔，当场就像在空中写字一样跃动起来。这个……这个招式，我是不是在哪里看到过？

“这是……难道是小冰见的那招‘Lovely Ink’？”

现在已经不是纠结这些的时候了，我铁青着脸色一下子退了开来。

小花袋一边继续写字一边说道：

“不是哦，虽然这确实是冰见前辈传授给我的招式，但是我的能力并不是这个名字！”

这么说起来，兔丸曾经说过——

要获得能力，也是有由前辈直接传授这样的方法的。

这种情况下一般无法获得和前辈同样强大的能力，所以几乎没有学生能发挥得特别好。

“吃我这招吧！‘Cutie Ink’！”

从大笔画出来的无数笔迹中，文字以黑色剪影的形态凝聚起来。到这里为止，看起来几乎就是和小冰见同样的能力。只不过，还是有很大的区别的。

“怎么，这数量也太多了吧?!”

虽说与小冰见的Lovely Ink相比，每一个棋子都小得多，然而就像是要弥补这个弱点一样，她写出了数目庞大的文字，纷纷向我飞来。

“这个棋子上写的字是……‘桂马’！将棋里的桂马是怎么走的来着？”

我从来都没有下过将棋，根本就不知道啊！这些棋子看起来只是在任意乱动，却乱七八糟地全都瞄准了我的水晶。

虽然我利用废墟里的墙壁不断游走，诱导它们撞上去，但是不管怎么努力，棋子的数目看起来都没有减少。

那是当然的，因为——

“在你逃跑的间隙，我可是一直在继续写出更多的棋子呢！休想逃掉！”

小花袋在说这句话的同时也没有停止，不断写出更多的新“桂马”。虽然我很怀疑为什么都是桂马，是不是因为她现在还只能使用这一种棋子呢？

“啊，糟糕！”

就在我关注小花袋的时候，已经有躲不掉的文字直接朝着我的水晶飞去。

——剩下的水晶只有一颗了！

而棋子还在不断一边增加一边朝着我飞来。

我已经出了一身冷汗，现在的处境可以说是千钧一发。

“胜负已定！为了书道部！为了把能力传授给我的冰见前辈！看招！”

小花袋已经知道我的水晶只剩下一颗，却完全没有松懈，甚至还加快了画棋子的速度。

既然已经被逼到了这步田地，我也只有最后一招可用了。

“想起来啊，快想起来！曾经和赤间同学一起重复过不知道多少次的练习！虽然我还是无法做到随时随地随心所欲地射击，但是，我有感觉现在应该做得到！”

我一边全心全意地回避360度飞来的攻击，一边竖起食指，做出一个手枪射击的姿势。

“难道说……那个招式明明只成功过那么一次的……”

小花袋吃惊地瞪圆了双眼。

说得没错。不，恐怕严谨一点的话，应该说本来是没错的。

在初学者讲习的过程中，只要有空闲时间我就一定会试着使用能力，想要知道到底要怎么做，才能像那次一样成功发动。我在赤间同学的帮助下，拼命回忆着成功发动时的感觉。

回避“桂马”攻击的惊险动作一直在持续，可是我的集中力却完全没有被打断。这也是拜训练所赐。一想起放学后SIX的成员们的面容，我心中就再次充满感激。

——终端指示灯剧烈地闪烁，上面显示的文字宣告能力已经发动。

“能力:玩具枪”。

我感觉到指尖上凝聚着像要迸发一样的热量。就像那时候一样。不，是比那时候还要强烈！

“来了来了来了！接招吧小花袋，Tension MAX！去吧——！”

为了回避棋子，我不假思索地持续跳跃着，从半空中射出的光能子弹一瞬间就飞到了小花袋身边，像在嘲笑那些为了保护主人而回防的棋子一样，一瞬间就把所有水晶破坏殆尽。

“这，这也太乱来了……”

小花袋目瞪口呆地直接脱力坐在了地上。

已经发射过一次，我指尖的能量却完全没有消散的迹象。

我再次准备发射，手指指向了正上方。

“再附送一发！哒哒哒哒！”

子弹朝着比赛结束后因为结界消失而重新出现的蓝天倾泻。光能子弹穿过云层，朝着看不见的高空不断攀升向上飞射而去。

好爽啊！这个感觉真是爽翻天了！

等我回过神来看看四周，才听到观众们震耳欲聋的欢呼声。

这时候，我才终于有了胜利的感觉。

“太危险了……我还以为自己要输了！”

我帮瘫坐在地上的小花袋重新站起来，直接就握上了她的手。观众席上也响起了热烈的掌声。

我觉得，这真是一场很棒的比赛。

我真没想到她竟然已经掌握了那么厉害的能力。

这可不是一朝一夕就能达到的程度。

她肯定也付出了很多的努力。

“嘿嘿，我输了啊。我也尽自己的全力努力过的，看起来还是不够啊。”

“才不是呢！我才是那个努力得不够的人呢。如果没有最后的那个爆发，不管我怎么挣扎都一定会输的……”

这并不是谦虚，而是我真实的感受。因为这次我的能力成功发动了，所以结果还算不错。如果没能发动的话，那就是第一场就输了的结局。

“可是，因为我按照约定用了全力，所以也没有遗憾了。

你要赢到最后哦，一宫同学！”

“嗯！话说回来，还要赢几场才能到最后啊？不过我会拼尽全力的，必须训练训练再训练才行！”

小花袋客气地行了一礼，退场的时候也对着观众席不停地鞠躬致意。

她低下头，不想让人看见自己的眼角已经浮现了泪花。

我看着她离开的背影，轻声对自己说：

“我想……赢到最后。不，是必须要赢！”

我跑到观众席的旁边，好让给我加油的各位知道我有多么开心。

“谢谢你们给我加油！看到了吗？我赢了！”

不只是戏剧部的成员们，就连毫无关系的学生们都兴奋开心得叫个不停。咦，这是什么情况？

“作为被我承认的对手就应该这么厉害呢！好羡慕你有那样的必杀技呢！”

兔丸蹦来蹦去的，兴奋得不得了。

“请不要让大家为你提心吊胆。熊野同学前辈因为太担心你，还搞出大事来了呢。”

“才，才没有搞出什么大事的啦！我一直都是很冷静地观战的啦！”

迎接我凯旋的豚困和熊野同学前辈都保持着各自的常态。

“早上好。咦，已经结束了吗？”

喵美琳前辈则是我行我素地直到这个时候才赶到会场。

然后，还有赤间同学。

他默默地竖起大拇指，对我笑了。我很开心地看到他旁边的明日同学也模仿着他的样子，不怎么习惯地竖起了大拇指。

新人战的淘汰还将继续。

如果想和作为头号冠军种子选手的明日同学比赛，按照对战表的分配，就必须要一直赢到最后一场，在决赛才能遇上。

“明日同学，决赛之前不要输哦！”

我干净利落地说出宣言。

很好！我鼓起了干劲，走出赛场前往大家所在的观众席。

——要想找到像戏剧部成员们这样好的同伴，我相信这场被称为新人战的活动，正是大好机会。

——那时候，在我的脑海中，有关新部门的想法已经初现端倪。

后记

我是Last Note.。第二卷终于也顺利出版了。总觉得第一卷的最后曾经用特大字体隆重宣称过"第二卷预定今秋出版哦"，结果不知道为什么我现在却窝在暖炉桌里舒舒服服地写着这篇后记。不管再怎么狡辩，现在也已经是冬天了。所有在外面走动的人都穿着厚外套。完全是深冬了。真是不可思议呢。这个世界上的事情真是千奇百怪呢。

因为我是独居，所以基本上是由便利店提供我日常的大部分食物。不知道为什么，最近越来越感觉到，我家附近的便利店对我的态度简直是达到了过度保护的程度，让人不得不在意起来。

前不久我去买了一个杯面，结果给我放了四副方便筷子。我看起来就那么不会掰筷子吗？

"看他的脸就知道每次差不多都要掰坏三副的样子……就给他四副吧。"

是在我路过收银台前的一瞬间就看透了我的本质吗？旁边那台收银机前付款的上班族就只拿到一副而已啊！难道那个上班族就长着一张很会掰方便筷子的脸吗！

上次甚至发展到我买了一包软包装可吸果冻，竟然还给了我一根吸管……这种症状已经是晚期了。直接就可以吸啊！不用吸管也可以吸出来啊！这点能量我还是有的啊！

买便当的时候更是不得了。每次都要往我的袋子里塞5个湿巾。

如果一次买好几个三明治或者便当，就会夸张到给我放15个以上的湿巾。简直就像“还有多少就给你多少”似的。

太多了，真的太多了！这家便利店的店员到底是认为我会把自己的手弄得多脏啊！再怎么擦也用不了这么多吧？

这种待遇，除非我是双手沾满泥污去柜台结账，不然根本说不通啊。这到底怎么回事啊？我是刚玩完泥巴的小孩子吗？

而且并不是只有一个店员这样对我，正因为这家便利店的所有店员都这样才可怕呢……

而最让我吃惊的，是昨天发生的一件事。我明明只买了肉包子，却给了我勺子、叉子和纸质的餐巾。

我难道是某处的贵族吗？是继承了某个高贵血统的人吗？肉包子我能做到直接咬着吃啊……

这就是我今后很长一段时间都会继续去光顾的那家便利店。希望大家继续关注，看他们到底会宠我宠到什么程度。

在这次的第二卷中，御神乐学园组曲的故事终于要开始正式铺开了，不知道会不会发展成以战斗描写为主的故事呢？

一个一个的小乐章一点一点交错汇集，以“组曲”形式和谐统一在一起。

我会很开心地写下去，如果大家也能期待着故事接下来的发展，那我会更加高兴的！

由富士见Fantasia出版的小说《刹那旅程》将于2014年2月上市。

这本书是由我来担任原作和主编，执笔是其他人负责的，不过写得非常好。那首歌会被写成一本什么内容的小说呢？感兴趣的读者请一定要去看一看。

御神乐学园组曲的官方网站已经做好了！首页设计成会显示我推特上最新一条推的内容的形式，稍微觉得有点羞耻Play。就当是羞辱我好了，大家也去网站看看吧。

http://mikagaku.com/

（注：此处所指时间为日本原版发行时间。）

Last Note.

御神乐学园组曲第二卷恭喜出版！

我是这次也负责画插图的明菜。
因为我个人对赤间同学的故事很感兴趣，所以画得很开心！
这个孩子又可怜又可爱。好可爱啊。

非常感谢～✿

明菜

上市贺词

Congratulations Comments

无所谓四格漫画
“绘留奈的日常”

恭喜！第二卷！

大家好，我是没任写小说的Last Note.T（注：Last Note.原本是两人组）。因为上次我搭档都没叫我来，所以这次我就强迫他把我加了进来（笑）！下次也要叫上我啊！拜托了！

Last Note.T

绘留奈♡

上市贺词

Congratulations Comments

我是负责漫画化版本的沙雪。我会努力把Last Note。老师这本很棒的小说画成更有趣的漫画的！

沙雪

御神乐学园组曲②

无气力大战

当东瀛少年歌德遇上天才少女贝多芬——

杉井光、岸田梅尔联手再献梦幻新作！

◎著者：［日］杉井光

◎绘者：［日］岸田梅尔

乐圣少女 1~2 待续

高二那年暑假，我被一个自称是恶魔梅菲斯托费勒斯的怪女人带到了一个未知世界，并转生成为大文豪歌德。在寻找回到现代日本途径之时，我邂逅了一位少女。这位被称为稀世天才音乐家的少女竟拥有一个令人震惊的名字……交织着魔法与音乐，绚烂到令人目眩的哥特式幻想物语，就此开幕！

定价：28.00元

TIANWEN KADOKAWA

Light Novels

TK 天闻角川

先代第四真祖——焰光夜伯现身

揭开尘封的过往，众人隐藏的过去逐一展现

◎著者·〔日〕三云岳斗

◎绘者·〔日〕麻喵子

狂袭系列 1~7 待续

古城接到凪沙昏倒的消息，连忙赶往医院。然而在古城等人面前却出现了一名与前任第四真祖奥萝拉外貌相同的少女。

她会是真正的第四真祖吗？通过和她接触，古城脑中苏醒的那段记忆究竟是——

隐藏的秘密终将揭晓。众所盼望的第七集！

定价：各21.00~28.00元

TIANWEN KADOKAWA

Light Novels

TK 天闻角川

图书在版编目（CIP）数据

无气力大战 / 日本Last Note.著；(日) 明菜绘；
tomo译. -- 昆明：云南美术出版社, 2016.1
（御神乐学园组曲；2）
ISBN 978-7-5489-2280-3

Ⅰ. ①无… Ⅱ. ①日… ②明… ③t… Ⅲ. ①长篇小说—日本—现代 Ⅳ. ①I313.45

中国版本图书馆CIP数据核字(2015)第302610号

责任编辑: 师 俊 韩 洁
特约编辑: 胡雨桐
美术编辑: 罗智超

原著名:《ミカグラ学園組曲2 無気力クーデター》, 著者:Last Note.,绘者:明菜

本书为引进版图书，为最大限度保留原作特色、尊重原作者写作习惯，故本书酌情保留了部分外来词汇。特此说明。

御神乐学园组曲2 无气力大战

著 者: 〔日〕Last Note.
绘 者: 〔日〕明菜
译 者: tomo
出版发行: 云南出版集团
云南美术出版社（昆明市环城西路609号）
印 刷: 利丰雅高印刷（深圳）有限公司
版 次: 2016年1月第1版
印 次: 2016年1月第1次印刷
开 本: 787mm × 1092mm 1/32
印 张: 7.5
字 数: 130千字
ISBN 978-7-5489-2280-3
定 价: 24.00元

联系地址：中国广州市黄埔大道中309号 羊城创意产业园3-07C
电话：（020）38031051 传真：（020）38031253
官方网址：http://www.gztwkadokawa.com/